权威全译插图典藏版

从地球到月球

De la Terre à la Lune

[法] 儒勒·凡尔纳 (Jules Verne) ◎著

罗仁携◎译

湖南文艺出版社
HUNAN LITERATURE AND ART PUBLISHING HOUSE

博集天卷
CS-BOOKY

图书在版编目（CIP）数据

从地球到月球 /（法）凡尔纳（Verne, J.）著；罗仁携译. —长沙：湖南文艺出版社，2012.7
ISBN 978-7-5404-5580-4

Ⅰ.①从⋯ Ⅱ.①凡⋯ ②罗⋯ Ⅲ.①科学幻想小说—法国—近代 Ⅳ.① I565.44

中国版本图书馆 CIP 数据核字（2012）第 093134 号

上架建议：青少年阅读·经典名著

从地球到月球

作　　者：[法]儒勒·凡尔纳（Jules Verne）
译　　者：罗仁携
出 版 人：刘清华
责任编辑：丁丽丹　刘诗哲
监　　制：张应娜
策　　划：王　岩
特约编辑：丁　健　袭村野
封面设计：张丽娜
版式设计：李　洁
出版发行：湖南文艺出版社
　　　　　（长沙市雨花区东二环一段 508 号　邮编：410014）
网　　址：www.hnwy.net
印　　刷：北京鹏润伟业印刷有限公司
经　　销：新华书店
开　　本：880mm×1270mm　1/32
字　　数：160 千字
印　　张：7
版　　次：2012 年 7 月第 1 版
印　　次：2012 年 7 月第 1 次印刷
书　　号：ISBN 978-7-5404-5580-4
定　　价：22.00 元
（若有质量问题，请致电质量监督电话：010-84409925）

目录
Contents

从地球到月球

Contents

第一章 大炮俱乐部

在美国南北战争期间，马里兰州中部的巴尔的摩市新建了一个很有影响的俱乐部。人们不知道，当时这些船主、商人和机械师身上的军事才能是怎样蓬勃发展起来的。许多普通的商人，并没有受过西点军校的正规训练，就走出柜台，摇身一变，当上了尉官、校官甚至将军，没有多长时间，他们在"打仗技术"方面就可与他们旧大陆的同行们并驾齐驱，也一样靠着大量的金钱和生命，取得节节胜利。

但美国人特别胜过欧洲人的，是在弹道学方面。这并不是说他们的枪炮达到了精良无比的程度，而是其规模世所罕见，射程远，这在当时是闻所未闻的。在水平射击、俯射或直射、纵射以及侧射等方面，英国人、法国人、普鲁士人可以说与美国人不相上下；但他们的大炮、榴弹炮、迫击炮与美国庞大的武器相比，就好比是袖珍手枪了。

这也没什么大惊小怪的。美国人，这些世界上第一批机械学家，与意大利人天生是音乐家、德国人天生是哲学家一样，是天生的工程师。这样说来，美国人在弹道学上有颇具匠心的大胆创造，也就是顺理成章的了。尽管那些巨型大炮不如缝纫机那么实用，但同样使人震惊，更受

到人们的赞赏。这种了不起的武器，我们知道的有帕罗特、道格林、罗德曼等人的杰作。欧洲人的"阿姆斯特朗""巴利赛"、博利厄的"特洛伊"①只好在大洋彼岸的对手面前俯首称臣了。

因此，在北方人与南方人的殊死搏斗中，大炮发明家占有首要地位；合众国的报纸对他们的新发明倍加颂扬，哪怕是微不足道的小商贩和天真单纯的市井小民，也无不废寝忘食、绞尽脑汁地计算不切实际的弹道轨迹。

一个美国人如果有了什么想法，他就会去寻求第二个美国人的支持；如果有三个人想法一致，他们就会选出一位主席，两位秘书；如果有了四个人，他们就会任命一位档案保管员，这时办公室开始运转；有五个人就会召开全体大会，俱乐部就应运而生了。巴尔的摩的情况也是如此。第一个发明一种新式大炮的人、第一个铸炮人和第一个打炮眼的人联合起来，就构成了大炮俱乐部的核心。俱乐部成立仅仅一个月，就发展了正式会员一千八百三十三人，通信会员三万零五百七十五人。

凡是想加入俱乐部的人，必须具备一个条件，那就是曾经发明或者至少改进过一种大炮；没有大炮，那么别种武器也行。但话得说在前面，那些发明十五响左轮手枪、轮盘卡宾枪等等的会员并不受到重视。在任何情况下，大炮发明家总是举足轻重，高人一等。

"他们受尊重的程度，"有一天俱乐部里一位天才演说家总结说，"是与他们大炮的'体积'相称的，是和他们炮弹达到的'射程'成正比的！"

也可以这么说，它是牛顿的"万有引力定律"在精神领域的生动体现。

---

① 都是欧洲有名的大炮。

从大炮俱乐部的建立，人们很容易想象出美国人在这方面的发明创造才能。大炮体积惊人，炮弹射程超过常规，能把毫无戒备的行人炸得粉身碎骨。所有这些发明把谨小慎微的欧洲大炮远远抛在身后。从以下的数字，人们可以作出正确的判断。

从前，"运气"好的话，一枚三十六磅重的炮弹能在三百英尺开外，从侧面杀伤三十六匹战马和六十八名士兵。这只能说是制炮的"幼童时期"。从那以后，炮弹有了长足的发展。罗德曼大炮可把半吨重的炮弹发射到七英里远，轻而易举地就可把一百五十匹战马和三百名士兵打得人仰马翻。俱乐部也面临一个作正式实验的问题。现在没人愿意去做炮弹的实验品了，找马还容易些。

不管怎样，这些大炮的杀伤力是十分惊人的，每次开炮，士兵们都好比镰刀下的麦穗一样纷纷倒下。1587 年，在吉特拉斯发射的那枚有名的炮弹击毙了二十五名战士；1758 年，在索尔多夫，另一枚炮弹打死了四十名步兵；1742 年，奥地利的凯塞尔多夫大炮，每炮杀伤七十名敌军；可是与罗德曼的炮弹相比，它们又算得了什么呢？耶纳或者奥斯特利茨那些决定战争命运的惊人火力又有什么了不起呢？[①] 在美国南北战争中，类似的例子不胜枚举！在葛底斯堡战役中一尊螺旋式大炮射出的一枚圆锥形炮弹，炸死了一百七十三名南方联邦士兵；在强渡波多马克河时，一枚罗德曼炮弹把二百一十五名南方联邦战士送去了极乐世界。还必须提一下，俱乐部的杰出会员和常务秘书杰·特·马斯顿发明的一种巨大的迫击炮，其杀伤力更是惊人，在一次试射中，轰的一响，

---

① 以上几个地名均为欧洲有名的战场。

三百三十七人命丧黄泉。

以上富有说服力的数字，本身就足以说明问题，无须再加以补充了。因而，我们就痛痛快快地承认统计学家皮特凯恩的统计数字吧。他将俱乐部会员炮弹打倒的人数，除以会员人数，发现每位会员"平均"杀死了二千三百七十五人还要多一点。

从以上数字不难看出，这个科学团体唯一考虑的事，显然就是改进被他们看成文明工具的武器，然后出于"博爱"的目的消灭人类。

这是一群灭绝天使的大聚会，可他们又不失为世界的优秀子孙。

还应该补充说明一下，这些久经考验的美国人，不仅仅是研究研究公式就完了，他们还作出了个人牺牲。他们中有从中尉到将军的各级军官，有不同年龄的军人——有刚开始军旅生涯的新兵，也有在炮架旁度过了大半辈子的老战士。许多人已经长眠在战场上，他们的名字登上了俱乐部的光荣榜。生还的人大部分都受了伤——这些是他们英勇无畏的标志：拐杖、木腿、假臂、代替手的铁钩、橡胶下巴、银质颅骨和白金鼻子，真是残肢断臂、样样俱全。上面谈到的皮特凯恩也在俱乐部里作过统计，平均每四个会员还凑不成一条完整的胳膊，六个人才有两条腿。

可是，这些骁勇的老炮兵并不大在乎这些。每次战争结束，战报统计数字表明，每当他们击毙了相当于炮弹发射数量十倍的敌军时，他们就为此感到自豪，说实话，他们有权这样做。

然而有一天，那是一个凄凉、伤心的日子，战争中的幸存者们签署了和平协议，爆炸声渐渐平息下来，迫击炮沉默了，被罩上炮衣；加农炮丧气地低下了头，被运回军火库；炮弹堆积在工厂里。血淋淋的回忆日渐淡薄，棉花在沃土上苗壮生长，丧服与痛苦一起消失了，大炮俱乐

大炮俱乐部的老炮手们

部也就没事可干了。

有几个热心人还在从事弹道学的计算、研究，仍旧梦想发明巨大的迫击炮和威力无比的榴弹。然而，脱离了实践，这些空洞的理论又有什么用？这样一来，俱乐部自然门庭冷落，仆人们在接待室里打瞌睡，报纸在桌子上发了霉，阴暗的角落里鼾声阵阵，昔日意气风发的会员们，如今却陷入了令人不快的沉闷之中，沉沦于柏拉图式空想的造炮美梦。

"真遗憾！"有一天晚上，正直的汤姆·亨特在吸烟室的壁炉旁说，这时他的两条木腿眼看就要烤焦了，"整天无所事事，没有任何指望，多么无聊的生活！每天早晨被欢乐的炮声唤醒的美好时光到哪里去了呢？"

"那种日子一去不复返了，"精神焕发的比尔斯比一边说，一边试着伸一伸他那已经失去的双臂，"那时实在有意思！谁要是发明了一种榴弹炮，炮刚一铸好，马上就可以拿到前线去实验，然后带着谢尔曼的勉励，或者和麦克莱兰①握握手，回到军营！可是现在，将军们一个个回到了自己的柜台，他们不再运输炮弹，而是运输不会伤人的棉花包！唉！圣母巴比②啊，美国炮兵的前途真不堪设想啊！"

"是的，比尔斯比，"布洛姆斯贝瑞上校大声说，"多么叫人失望！当初我们抛开安静的习惯，练习操纵武器，离开巴尔的摩走上战场，多么轰轰烈烈！可是，才过了两三年，又不得不舍弃千辛万苦换来的成果，两手插在口袋里，过这种游手好闲的不幸日子。"

话虽这么说，但这位勇敢的上校却做不出这种闲散的姿态，自然，这并不是因为他身上缺少口袋。

---

① 两人均为美国内战时期优秀将领。
② 圣母巴比，西方神话中的圣母，炮手和消防员的保护神，12月4日为其节日。

"打仗的前景十分渺茫!"这时,大名鼎鼎的杰·特·马斯顿用铁钩子搔着他那用古塔橡胶做的脑壳说,"天边没有一点乌云,可这正是制炮学大有作为的时候! 说真的,今天早晨我刚完成了一种新迫击炮的设计,平面图、剖面图和纵断面图都绘好了,它的问世必将使战争法则大为改观!"

"真的吗?"汤姆·亨特不由自主地想起了可敬的马斯顿上次的实验,问道。

"千真万确!"马斯顿回答,"不过,花费了这么多的心血,排除万难取得的研究成果又有什么用? 全是白费工夫! 新世界的人民似乎约定了要和平相处下去,连我们那好战的《论坛报》①也预测,今后的灾难只可能来源于人口的惊人增长!"

"可是,马斯顿,"布洛姆斯贝瑞上校接下去说,"在欧洲,人们为了维护民族自治原则还一直在打仗呀!"

"那又怎么样?"

"怎么样? 也许我们可以在那里有所作为,如果他们愿意接受我们的帮助……"

"亏你想得出来!"比尔斯比喊了起来。

"为外国人研究弹道学!"

"这总比啥也不干强吧!"上校反驳说。

"那倒也是,"马斯顿说,"比无所事事要好一些,但这个办法只是权宜之计。"

"为什么?"上校问。

---

① 美国一家狂热的废奴主义报纸。——原注

"因为在旧大陆，人们晋级提升的观念和我们美国的惯例大相径庭。他们无法想象，一个从没当过少尉的人怎么竟成了将军，换句话说，一个没有亲手浇铸过大炮的人，绝不可能成为一个优秀的神炮手！所以，事情很简单……"

"荒谬透顶！"汤姆·亨特一面用宽口刀削着椅子扶手，一面反驳，"既然如此，看来我们只好待在家里种烟草或者熬鲸鱼油了！"

"什么！"马斯顿大声喊道，"难道再也不能利用我们的晚年来改进武器了吗？再也没有机会实验我们炮弹的射程了？我们的炮火再也不能照亮大气层了？再也不会发生国际争端，使得我们向大西洋彼岸的某个强国宣战了吗？难道法国人就不会击沉我们一艘轮船，英国人就不会蔑视人权，绞死我们的三四个同胞？"

"不，马斯顿，"布洛姆斯贝瑞上校回答说，"我们再不会有这样的好运了！不！这样的事件再也不会发生，而且，即使发生了，我们也无法加以利用了！美国人容易冲动的感情已一天天消失殆尽，我们只好把手艺传给娘儿们！"

"是的，我们只好忍气吞声！"比尔斯比说。

"这是人家逼的！"汤姆·亨特愤愤不平。

"确实如此，"马斯顿又慷慨激昂起来，"现在有千万条打仗的理由，他们却不打！他们舍不得胳膊和腿，这只对那些不知道使用它们的人有好处！瞧，不用到远处去找打仗的理由，北美洲从前不是隶属于英国人的吗？"

"是的。"汤姆·亨特用拐杖使劲拨着火回答说。

"那好！"马斯顿继续说下去，"为什么英国就不能反过来隶属于美国人呢？"

"这再公平不过了。"布洛姆斯贝瑞上校回答说。

"把这个建议去告诉美国总统,"马斯顿大声喊道,"看他会怎样接待你们!"

"他不会给我们好果子吃的。"比尔斯比咬着牙低声抱怨,他在战争中只留下了四颗牙齿。

"我敢保证,"马斯顿喊道,"在下次大选时,他再也别指望我的选票!"

"也别指望我们的!"这些好战的军人异口同声地响应。

"现在,"马斯顿接着说,"总之,如果再也得不到在真正的战场上实验我的新迫击炮的机会,我就退出大炮俱乐部,跑到阿肯色州的大草原上去了此余生!"

"我们也跟你一道去。"和勇敢的马斯顿在一起议论的人齐声应道。

事态发展到这样的地步,退会的思潮蔓延着,俱乐部眼看面临解体的威胁。正好在这个节骨眼上,发生了一件意外的事情,才制止了这个令人遗憾的灾难。

就在他们谈话的第二天,每一位俱乐部会员都收到了一份通知,内容如下:

大炮俱乐部主席荣幸地通知会员们,他将在本月5日的会议上作一个非常有趣的报告。因此,他请会员们接受邀请,届时放下手头的工作前来参加会议。

大炮俱乐部主席　巴比凯恩

巴尔的摩,10月3日

第二章　巴比凯恩主席的报告

　　10 月 5 日晚上八点，联邦广场二十一号大炮俱乐部各个客厅里人山人海，热闹非凡。家住巴尔的摩的会员们全都应邀出席了会议。通信会员也成百上千地乘坐一列列特快火车，来到了城里的大街上。尽管会议大厅十分宽敞，但许多科学家还是没能找到座位，因此，他们只得拥向隔壁的几个客厅和走廊尽头，直到室外的院子里去。在那里，他们和挤在门口的普通群众会合在一起。他们都渴望听到巴比凯恩主席的重要报告，推来撞去，表现着自治观念培育起来的群众所特有的极端行动自由。人人争先恐后，互不相让。

　　那天晚上，一个在巴尔的摩停留的外国人出重金也没能获准进入会议大厅，它只允许会员或者通信会员入场，非会员一律不准入内，连市里的社会名流和行政官员，也不得不挤在受他们管辖的市民群众中，打听会场里面的消息。

　　宽敞的大厅里景象奇特。宽大的会场与俱乐部的宗旨极为相称。用笨重的迫击炮垫底，各种大炮叠砌而成的高大支柱支撑着拱形屋顶的精美铁架。墙上陈列着各种武器的盾形板，喇叭口短枪、短铳枪、十五到十六世纪的火枪、卡宾枪，以及各式各样的古代和现代武器，纵横交错，形成了一幅幅别致的图案。煤气灯从上千支手枪组成的吊灯架里冒出耀眼的亮光，一簇簇由手枪和步枪组成的灯台，更把大厅照耀得如同白昼。大炮模型，青铜炮样品，百孔千疮的靶子，被俱乐部的炮弹炸碎的护板，各种送弹棍，成串的炸弹，一串串项链似的子弹，一串串榴弹花环，总而言之，各种大炮部件都安排巧妙，使人耳目一新，让你觉得它们的真正用途是装饰，而不是杀人武器。

在贵宾席上，有一个精致的玻璃橱窗，里面陈列着一个被火药炸裂得七扭八弯的炮门，它是马斯顿的大炮的珍贵遗骸。

主席和四位秘书坐在大厅尽头一个宽阔的平台上。主席的座位装在一个雕花的高炮架上，看起来如同一门三十二英寸高、威风凛凛的迫击炮，有九十度的夹角，悬挂在转轴上，主席坐在上面，可以像坐摇椅一样前后摆动，这在大热天是很舒适的。在一张由六门大口径短铳炮身支起的一块大铁皮桌面上，放着由一枚大口径火铳弹雕刻而成的、别具风格的墨水瓶，还有一个可以像手枪一样发出巨响的铃。会上辩论激烈时，这种新式铃声刚好可以压倒群情激昂的会员们的吵闹声。

桌子前面，一条条长凳，好比一条战壕的壕壁一样，摆成了"之"字形，构成了接连不断的堡垒和护墙。全体会员都坐在这里，这天晚上可以说是"壁垒森严、猛将云集"。他们对主席非常了解，知道他假如没有重大理由，绝不会轻易惊动他的会员们的。

巴比凯恩约莫四十岁光景，沉着冷静，不苟言笑，举止庄重，精神专注，像时钟一样准确，并且性格坚强，坚忍不拔；他虽缺少骑士风度，但喜欢冒险，既胆大果敢，又实事求是；他是新英格兰的杰出代

巴比凯恩主席

表，北方的移民，苏格兰斯图亚特王族的克星——圆颅党①的后裔，南方派绅士——母国的老骑士们不共戴天的敌人。总之，是一个彻头彻尾的美国佬。

巴比凯恩早年在木材生意中发了大财；战时被任命为炮兵指挥，发明创造甚多。他能大胆设想，为制炮业的进步出力，对大炮实验的突飞猛进作出了无可比拟的贡献。

主席中等身材，四肢健全，这在大炮俱乐部中是极为罕见的。他脸部轮廓鲜明，好像是用角规和笔勾画出来的。要猜测一个人的性格，应该从侧面观察。如果这句话有道理，那么这样看巴比凯恩，更显示出他的最大特征是精力充沛、果敢坚定和沉着稳健。

这时，他坐在扶手椅上纹丝不动，眼睛藏在美国人常戴的黑绸圆筒高礼帽下面，不露声色、专心致志地想心事。

他周围的同行们大声交谈，也未能使他分心；他们互相询问，作各种猜想，对主席察言观色，却怎么也摸不透他葫芦里到底卖的什么药。

大厅时钟雷鸣般地响了八下，巴比凯恩仿佛从弹簧上弹起来似的，霍地站了起来。全场顿时鸦雀无声，主席语气有点夸张地开始了讲话：

"亲爱的会员们，可悲的和平使大炮俱乐部的会员们陷入无可奈何的闲散无聊，已经很久了。经过这些年的多事之秋，我们的事业眼看就要中途夭折，甚至完全停顿下来。我有勇气大声宣告，凡是能使我们重新拿起武器的战争都受到欢迎……"

"对，战争！"容易冲动的马斯顿喊道。

---

① 圆颅党是英国资产阶级革命时的清教徒集团，拥护长期议会，反对王权。

"别插话！好好儿听！"四处传来制止声。

"但是战争，"巴比凯恩接着说，"在目前情况下，战争不可能发生，尽管刚才打断我的话的这位可敬的听众对它期待已久，但我们的大炮要在战场上轰鸣，恐怕还得经历一个漫长的岁月。为此，我们必须采取对策，从另外一个思维领域去寻求食粮，好给我们梦寐以求的事业注入新的活力！"

听众们知道，主席讲话就要进入最重要的部分了，所以更加全神贯注。

"亲爱的会员们，最近几个月来，"巴比凯恩接着说，"我一直在想，是否能在我们的专业范畴内，进行一项无愧于十九世纪的伟大实验，弹道学的进步是否允许我们把它进行到底。为此，我一直在探索，并不断计算，从研究中我得出结论，我们可以在一项其他国家认为难以实现的事业中取得成功。这个经过深思熟虑的项目，就是我今天要告诉大家的内容，它无愧于你们，无愧于大炮俱乐部的过去，可以肯定，它必将轰动全世界！"

"轰动全世界？！"一位激动的会员大声问。

"是的，轰动全世界，一点也不夸张。"巴比凯恩回答。

"别打岔！"好几个人同声说道。

"因此，亲爱的同行们，"主席接着讲下去，"请你们仔细往下听。"

会场一阵骚动。巴比凯恩用手很快地扶正了帽子，以平静的语调继续报告：

"尊敬的会员们，你们每个人都看见过月球，至少是听人谈论过它。假若我在这儿谈起这个黑夜的天体，你们别感到奇怪。说不定我们会成为这个未知世界的哥伦布呢。请你们理解我，尽你们所能帮我一把，我要带你们一起走上征服月球之路。月球的名字，将和我们伟大合众国的名字排列在一起！"

"万岁！月球！"全场一片欢呼。

"我们对它已进行了大量的研究，"巴比凯恩接着说，"它的质量、密度、重量、体积、结构、运动、距离，以及它在太阳系里的作用，都早已有定论；人们已绘制了十分完美的月球图，即使没有超过，至少也可与地图相媲美。此外，照相机给我们的卫星拍摄下了许多美妙无比的照片。总而言之，关于月球，凡是数学、天文学、地质学和光学能够告诉我们的东西，我们全都掌握了；但直至今日，谁也没有和它建立起直接的联系。"

这些话激起了全场听众的极大兴趣和好奇心。

"请允许我简单回顾一下，"主席继续往下讲，"有几个荒唐鬼通过假想的旅行，说什么他们探到了我们卫星的奥秘。在十七世纪，有一个叫大卫·法布里修斯的人吹牛说亲眼见到过月球上的居民。1649年，法国人让·博杜安写了一本书，名为《西班牙探险家多米尼克·贡扎勒斯月球旅行记》。同一时期，布拉诺·德·贝热拉克出版了那本有名的《月球远征记》，在法国引起了轰动。稍晚一些时候，另一个叫封特奈尔的法国人——这些法国人对月球真是关心备至——写了一本《宇宙的多样性》，这是当时的一部杰作；可是，发展中的科学粉碎了人们对这些杰作的迷思！1835年左右，从《美国的纽约》翻译过来的一本小册子，叙述了约翰·赫歇尔爵士曾被派往好望角进行天文研究，他借助于一架由内部照明的精确的天文望远镜，将月球的距离缩短至八十码。这样，

他就会清楚地瞧见月球上河马栖息的洞穴，镶着金色花边的青山，长着象牙角的绵羊，白色的狗，像蝙蝠一样长着膜翅的居民。这本由美国人洛克执笔的小册子，引起了很大的反响。但很快人们就发现，这是一个科学神话，法国人自己首先笑了。"

"嘲笑美国人！"马斯顿喊道，"瞧！这就是一个宣战的理由！"

"尊敬的朋友，放心吧！法国人在嘲笑他之前，就曾经被我们的一个同胞蒙骗过。下面让我把这段简史尽快讲完。鹿特丹有一个叫汉斯·普福尔的人，乘坐了一只从氮气里提出来的气体的球，这种气体比氢轻三十七倍，经过十九天的航程，他飞抵月球。这次旅行与前几次尝试一样，完全是幻想。不过作者是美国的一位著名作家，一位天才的幻想作家的杰作。我指的是爱伦·坡！"

"爱伦·坡万岁！"全场高呼，他们被主席的话深深打动了。

"我上面讲的，"巴比凯恩接着说，"是纯文学性的尝试，根本无法与黑夜的天体建立真正的联系。这一方面就说到这里。然而，我必须补充的是，也有些具有实践精神的人曾经试图与月球取得真正的联系。例如，几年前，一位德国几何学家建议派一个科学团队到西伯利亚去。他们将在那广阔的平原上，用明亮的反射镜绘制出一些巨大的几何平面图，包括法国人称做弦的平方图。'一切有知识的人'，这位几何学家说，'都应该明白这个几何图的科学用途。如果存在月球人的话，他们就会用一个类似的几何图回答，一旦建立联系，就不难创造一种可以和月球上的居民对话的字母表了。'德国几何学家确实是这样说的，然而他的方案并没有付诸实施，直到现在，地球与它的卫星仍没有任何直接联系。现在该轮到有真才实学的美国人来和恒星世界直接联系了。实现这个目的的方法简单易行、万无一失，下面就是我建议的内容。"

这番话在会场引起了经久不息的欢呼声和掌声。在场的人没有一个不被演讲者的话折服、吸引和鼓舞的。

"别吵！听下去！安静！"四面八方传来呼喊声。等会场平静下来后，巴比凯恩才用更庄重的声音继续他被打断的报告。

"你们知道，如果战争连续不断，近几年来弹道学会取得多大的进步，武器会达到怎样完美的程度。你们也一定知道，一般来说，大炮的后坐力和火药的爆炸力是无限的。那么，根据这项原理，我在考虑，用一个适当的具有一定后坐力条件的设备，把一颗炮弹送上月球去。"

听到这里，全场上千个透不过气来的胸膛里发出了一声惊叫"啊"，随后是片刻的沉寂，犹如雷鸣前那种深沉的平静。果然，雷声响了，可这是雷鸣般的掌声、欢呼声和喧哗声，真是震耳欲聋。主席想讲下去，可是办不到。整整过了十分钟之后，他才让听众安静下来。

"让我把话讲完，"主席冷静地说，"我对这个问题从各方面进行了考虑，下决心研究过它。经过精确计算，只要向月球射出的炮弹初速度达到每秒一万二千码，就肯定可以飞抵月球。因此，我荣幸地向各位建议，亲爱的会员们，让我们投入这小小的实验吧！"

第三章 巴比凯恩报告的影响

尊敬的主席的最后几句话在听众中引起了难以形容的反响。呼喊声、喧闹声、叫好声，美国语言中各种丰富的拟声词都接连不断地涌现出来了！全场一片喧哗，这是难以描述的欢声雷动！他们喊着，拍手跺脚，大厅地板都快震塌了。即使这个炮兵俱乐部的所有武器一起开火，恐怕也无法超过会场内的声浪。其实这毫不奇怪，有些炮手的大嗓门几乎和炮声不相上下。

在这片热情兴奋的嘈杂声中，巴比凯恩保持着平静，可能他对他的会员们还想说几句话，因为他挥手要求大家安静，他那清脆响亮的铃声也被全场的轰鸣声压倒。他们再也不听他说了。不一会儿，他就从位子上被听众抬了起来，像庆祝凯旋似的，从他那些忠实的会员手中传到同样兴奋的群众手上。

什么也难不倒美国人。人们常说，"不可能"三个字与法文无缘，这显然是查错了字典。在美国，一切都很容易，一切都很简单，至于机械难题，它们还未出现就胎死腹中了。在巴比凯恩方案和它的实现之间，没有一个真正的美国人允许自己出问题，说到就要做到。

　　主席的胜利游行一直持续到深夜。这是一个名副其实的火炬游行。爱尔兰人、德国人、法国人，所有马里兰州的居民，都用各自的母语大叫大喊，欢呼与喝彩声交织在一起，形成了一个难以言表的热情奔放的高潮。说来也巧，月亮好像知道游行队伍跟它有关似的，就在此时露出了皎洁的脸庞，它的光辉使周围的星光黯然失色。所有的美国人都注视着灿烂的月亮。有人向它招手致意，有人用最温柔的名字呼唤它，一些人用目光打量着它，一些人举起拳头向它示威，从八点到半夜，琼斯富尔街的一位眼镜商靠卖望远镜就发了大财。大家用望远镜看黑夜的天体，它好比是一位尊贵的女士。美国人做事不拘小节，处处以主人自居，似乎月亮女神菲贝 [①] 已经属于这些勇敢的征服者，月球已成了合众国领土的一部分了。这只不过是计划向它发射一枚炮弹，这种和一颗卫星建立联系的方式多少有点唐突，可这在文明国家中却是常见的做法。

　　子夜钟声响了，激情并没有降温，居民的各个阶层全都卷入了这股浪潮。官员、学者、批发商、小老板和脚夫，从有识之士到普通居民，都在心灵深处激起了共鸣，这已成了举国上下共同的事业了，无论在上城，还是在下城，巴塔斯科河边的堤岸以及停泊在港湾里的船只上，到处挤满了畅饮杜松子酒和威士忌的如痴如醉的欢乐人群；从漫不经心靠在酒吧长沙发上喝混合酒 [②] 的绅士，到偏僻的阴暗小酒馆里喝烧酒喝得半醉的船夫，每个人都在高谈阔论，争吵不休，真是个个称赞、万众欢腾。

　　到凌晨两点，激动的浪潮方才逐渐平静下来。

　　巴比凯恩主席终于精疲力竭地回到家中，这时他真是疲惫不堪，好

---

① 菲贝，希望神话中月亮女神阿耳忒弥斯的别名。
② 一种由朗姆酒、橘子汁和糖等混合而成的黄色饮料。

胜利游行

像全身散了架似的。即使是赫拉克勒斯[1]，恐怕也招架不住这样狂热的激情啊。广场和街上的人群逐渐散去。在巴尔的摩汇集的四条通往俄亥俄、萨斯奎汉纳、费城和华盛顿的铁路，把各族群众送回了美国各地。这时全城才相对平静下来。

要是你以为在这个有纪念意义的夜晚，只有巴尔的摩一个城市沉浸在无比欢乐的气氛中的话，那你就大错特错了。合众国的各大城市，如纽约、波士顿、奥尔巴尼、华盛顿、里士满、新奥尔良、查尔斯顿、莫比尔，从得克萨斯到马萨诸塞，从密歇根到佛罗里达，全都卷入了这场狂欢。事实上，大炮俱乐部的三万通信会员此前都收到了主席的通知，他们同样以焦急的心情期待着主席10月5日那个重要的讲话。因此，就在当晚，主席所讲的每一句话，立即通过电话线，以每秒钟二十四万八千四百四十七英里的速度[2]传送到全国各州。因此，我们可以绝对有把握地说，面积相当于法国十倍的美国，在同一个时刻同声高呼："万岁！"二千五百万颗豪情满怀的心，也随着相同的脉搏跳动着。

第二天，它成了一千五百种日报、周刊、半月刊或者月刊竞相报道的话题。它们从物理学、气象学、经济学或者伦理学的各个方面，从政治优势或文化的观点上对此进行了探讨。他们还提出疑问，月亮是不是一个完备的世界？是否已是一个不可再改变的世界？月亮与还没有大气层时的地球是否相像？从地球上看不到的月球另一面是一个什么景象？尽管现在的问题只是向黑夜的天体发射一颗炮弹，可大家都把它看成是一系列实验的开头；都希望有那么一天，美国将揭穿神秘月球的最后秘

---

① 赫拉克勒斯：古希腊神话中的英雄，以非凡的力气和勇武的功绩著称。
② 电流传播速度。——原注

密，有些人甚至开始担忧征服月球会打乱欧洲的平衡了。

经过讨论，没有一篇文章对它的实现表示怀疑；各种科学、文学或宗教团体出版的文集、小册子、简报和杂志都强调指出了它的优点，波士顿的自然历史学会，奥尔巴尼的美国科学艺术学会，纽约的地理与统计学会，费城的美国哲学会和华盛顿的国立博物馆，给俱乐部发来上千封贺信，并表示愿意提供直接的人力和现金援助。

这项建议吸引了如此众多的参与者，可以说是盛况空前。一切犹豫、怀疑和担心荡然无存。至于来自欧洲，特别是来自法国的嘲笑、讽刺和陈词滥调起到了适得其反的促进作用，在群情激愤面前，一切恶言中伤都显得无能为力。在新世界，有些事情是开不得玩笑的。从这一天起，巴比凯恩成为美国一位最伟大的公民之一，俨然"科学上的华盛顿"似的人物。一个国家的人民对一个人的崇敬达到了何等程度，由此可见一斑。

这次有名的俱乐部大会后不几天，一个英国剧团团长宣布，将在巴尔的摩剧场上演《无事生非》①。市民们却认为剧名有影射中伤巴比凯恩主席的方案之嫌，于是拥进剧院，砸烂座位，硬是逼着倒霉的团长更换了海报。团长是一个精明人，在公众意志面前低了头，把不合时宜的《无事生非》换成了《皆大欢喜》②。上演以后，连续好几周场场爆满，获得了惊人的票房收入。

---

① 莎士比亚的一部喜剧。——原注
② 莎士比亚的一部喜剧。——原注

第四章 剑桥天文台的回信

巴比凯恩并没有沉醉在人们对他的欢呼喝彩声之中，而是争分夺秒地抓紧准备。首先是在大炮俱乐部办公室召集会员们开会。经过讨论，决定就计划的天文学部分向天文学家们咨询，等他们的回信一到，就可着手讨论机械装置问题。为了保证这个伟大的实验成功，每一个细节都不能疏忽。

于是，他们拟订了一份包括各种专业问题的直言不讳的清单，寄往马萨诸塞州的剑桥天文台。这座诞生了美国第一所大学的城市正是以它的天文台而闻名于世。那儿汇集了一些功勋卓著的天文学家，那儿有一架功率强大的天文望远镜，它使鲍德揭开了仙女座的奥秘，使克拉克发现了天狼星的卫星。这个闻名遐迩的天文台有充分的理由值得俱乐部的信赖。

果不其然，巴比凯恩主席两天后就收到了大家翘首以待的回信，内容如下：

剑桥天文台台长致巴尔的摩大炮俱乐部主席：

巴尔的摩大炮俱乐部本月6日以全体会员名义给剑桥天文台的来信已收悉，我台办公室随即召开会议研究。对来信所提的问题，我们认为应答复如下：

第一个问题："可以向月球发射炮弹吗？"

是的，只要炮弹的初速度达到每秒一万二千码，就可以向月球发射炮弹。经计算，这个速度就够了。物体离开地球时，其重量与距离的平方成反比，换句话说，距离增加三倍，重量就减少九倍。因此，炮弹的重量将迅速下降，最后当月球引力和地球引力相等时，即炮弹行程的五十二分之四十七点五二时，炮弹的重量就完全消失了。这个时候，炮弹不再有重量，如果过了这一点，就会单单由于月球引力的作用，降落到月球表面。从理论上来说，这个实验完全可以实现，至于成功与否，就取决于发射器械的功率了。

第二个问题："地球与它的卫星的确切距离是多少？"

月球围绕地球运行的轨道不是圆形的，而是椭圆的，我们的地球占据着其中的一个圆心，因此，月球有时离地球近，有时远，或者用天文学术语的说法，它有时在远地点，有时在近地点。然而，最远和最近的空间距离相差是很大的，大到不容我们忽视的地步。事实上在远地点时，月亮距地球有二十四万七千五百五十二英里，而近地点仅有二十一万八千六百五十七英里，相差二万八千八百九十五英里，即相当于全程的九分之一多一点。所以我们应以月球的近地点的距离作为计算的依据。

第三个问题："在给予了足够的初速度的前提下，炮弹飞完全程要多少时间？因此，为了保证它到达月球某一指定地点，应该在什么时候发射最为适宜？"

如果炮弹永远保持它离开地球时每秒一万二千码的初速度，只要九小时

剑桥天文台

就可以到目的地，但事实上这个开始的速度会不断减慢。经过周密计算，炮弹将需要三十万秒，也就是说八十三小时二十分钟，才能到达两个星球引力平衡的地方，然后再需五万秒，即十三小时五十三分二十秒，即可达到月球表面。因此，必须在月球到达瞄准点之前九十七小时十三分二十秒发射。

第四个问题："炮弹落在月球的最佳位置应该是什么时候？"

综上所述，首先应选定月球处于近地点，同时又是越过天顶的时刻，这样可缩短炮弹的行程，其距离相当于地球的半径，即能减少三千九百一十九英里，这样，最后的行程为二十一万四千九百七十六英里。

虽然月球每个月都要经过近地点，但不一定同时经过天顶点。要同时符合以上两个条件要间隔很长时间。因此必须等待它们重合的时刻。说来也巧，明年的12月4日，月球将同时满足这两个条件：在半夜，它将位于近地点，即离地球最近，同时又正好在天顶的位置。

第五个问题："发射炮弹的大炮应瞄准天空的哪一点？"

根据前面的观测材料，大炮应对准发射地的天顶点[1]，这样，发射角度才能与水平面垂直，炮弹才会尽快摆脱地球引力的影响。但为了让月球位于天顶，前提是这个地方的纬度不能高于这个天体的轨道平面的倾斜度，也就是说，应该在南纬或北纬零度到二十八度之间[2]。任何其他地区发射，必然是斜向射击，这将妨碍实验的成功。

第六个问题："炮弹发射时，月球应该位于天空的什么位置？"

往天空发射炮弹时，每天前进十三度十分三十五秒的月球应处于距天顶点四倍于这个度数的位置，就是说离天顶点五十二度四十二分二十秒，

---

① 天顶点是指位于一个观察者头上垂直位置的天空顶点。——原注

② 实际上只有从赤道到二十八度纬线之间的地区，月到中天时才能位于天顶；如果超过二十八度纬线，越靠近两极则月球离天顶越远。——原注

这个距离正好与炮弹飞行所需要的时间相符。可是，考虑到地球自转运动造成的炮弹偏差，炮弹必须走过一个相当于十六个地球半径的偏差才能到达月球，这相当于月球轨道十一度左右，因此应在以上提到的月球与天顶的距离上再加上十一度，总计六十四度。这样一来，发射时月球的方位应与地面的垂直线成六十四度角。

以上就是对大炮俱乐部会员向剑桥天文台所提问题的答复。

概括为：

一、大炮应安置在北纬或南纬零度至二十八度之间的地区。

二、炮口应对准当地的天顶。

三、炮弹必须具有一万二千码的初速度；

四、发射时间应该是明年 12 月 1 日晚上十一时十三分二十秒。

五、炮弹将于发射四天后，即 12 月 4 日晚十二点整抵达月球，这时月球正穿过天顶。

贵俱乐部会员们应尽快开始这样一项工程所需的各项工作，必须准备好在规定的时间发射，因为，如果你们错过了 12 月 4 日这个日子，那么下次月球同时越过近地点和天顶点的时间，就是十八年零十一天之后的事了。

我台办公室愿意在天文学理论方面向你们提供全力支援，并和全国人民一起，祝你们成功！

剑桥天文台台长

贝尔法斯特

剑桥天文台，10 月 7 日

第五章 月球的故事

在宇宙的混沌时代，一个有锐利眼光的观察者如果站在宇宙绕之旋转的一个不可知的中心，就会看到一个充满着无数原子的太空。但随着世纪的变迁，渐渐发生了变化；引力定律出现了，直到当时为止，一直漂泊不定的原子都受这条定律的支配，这些原子按照亲合性化合成分子，形成了模糊星团，布满了太空深处。

这些星团立刻开始围绕自己的中心旋转。由漂泊不定的分子组成的中心也逐渐凝结，并开始自转；另外，根据永恒不变的力学定律，随着体积的凝结缩小，它的旋转运动也日益加快，由于这两种互为因果的作用的持续发展，就产生一个主星，即中心星团。

如仔细观察，观察者就可发现，其他星团的分子群也和中心星团一样，由于自转运动的逐渐加快而凝结起来，在中心星团周围形成了无数的星体。这样就形成了星云，据天文学家估计，现在有近五千个。

在这五千个星云中，有一个被人们叫做"银河"的星云，它包括一千八百万颗星座，每一个星座都变成了一个太阳系的中心。

在这一千八百万颗星座中，如果观察者当时特别注意其中一个最不起眼、最不明亮的四等星①，即自豪地叫做太阳的话，那么，太阳系得以逐渐形成的各种现象就可一览无遗了。

确实，太阳当时还处于气态，是由游离分子组成的。观察者可看出它正围绕其轴线旋转以完成浓缩过程。按照力学定律，浓缩过程随着体积的减小而加快，于是，到了一定的时刻，把分子推向中心的向心力被离心力战胜了。

这时，观察者就会发现另外一种现象，那就是赤道表面的分子，像投石器的绳子突然断裂，石头四面散开一样，在太阳周围形成了很多同心光环，恰似现在的土星光环。这些环状宇宙物质也围绕它们的共同中心旋转，接着它们也破碎、分裂成一团团较小的云雾状物质，也就是行星群。

假如当时观察者特别集中注意力观察这些行星群的话，就可以发现它们完全和太阳一样运转，并产生一个或者好几个宇宙光环，这就是通常称为"卫星"的低级天体的起源。

这样，从原子到分子，从分子到星团，从星团到星云，从星云到主星云，从主星云到太阳，从太阳到行星，从行星到卫星，这就是自宇宙太古时期以来天体演变的一系列过程。

太阳在无限的恒星世界里似乎显得微不足道，然而，从当今的科学理论上讲，它和银河星云有着密切的联系。这个太阳系的中心尽管在广阔的太空中显得十分渺小，但它事实上却非常庞大，因为太阳的体积比地球大一百四十万倍。自从创世的远古时期起，有八颗行星绕

---

① 根据沃拉斯顿的测算，天狼星的直径等于太阳直径的十二倍，为四百三十法国古里（约一千二十万公里）。
——原注

着太阳运转，那是它生下的八个"孩子"。从近到远依次是水星、金星、地球、火星、木星、土星、天王星和海王星。另外，在火星与木星之间，还有许多较小的天体在有规律地运行，也许是一个天体破裂成数千颗小行星在其中游荡，直至今日，我们通过天文望远镜还可以看到九十七颗[①]。

依靠伟大的万有引力定律，这几个"仆人"被束缚在太阳周围的椭圆轨道上运转。其中有几个也有自己的卫星群，天王星有八个卫星，土星有八个，木星有四个，海王星也许有三个，地球有 个。地球的卫星是太阳系中最小的卫星之一，它就是月球，是果敢机智的美国人打算征服的对象。

由于与地球比较邻近，以及各种月相的变化多端，因而黑夜的天体和太阳一样，首先引起了地球上居民的格外注意；可是，太阳容易伤害眼睛，它那刺眼的光芒，迫使观赏者不得不低下头来。

相反，金色的菲贝女神比较富有人情味。她端庄雅致，朴实无华；她淡泊清高，光线柔和，让人赏心悦目；有时她壮着胆子，把她的哥哥——光芒四射的阿波罗[②]给遮挡起来，却从不会被阿波罗遮住。伊斯兰教徒们知道他们应该感激这位地球的忠实女友，因此他们以月球的公转时间作为一个月[③]。

原始人对这位圣洁女神十分崇拜。埃及人叫她伊西斯；腓尼基人叫她阿施塔特神；希腊人崇敬地叫她菲贝女神，他们把月食解释为月神去

---

① 其中有些行星相当小，以至于人们用小跑的步伐，只要花一天的工夫，就可在太空中绕它走上一圈。——原注
② 太阳神。
③ 大约二十九天半。——原注

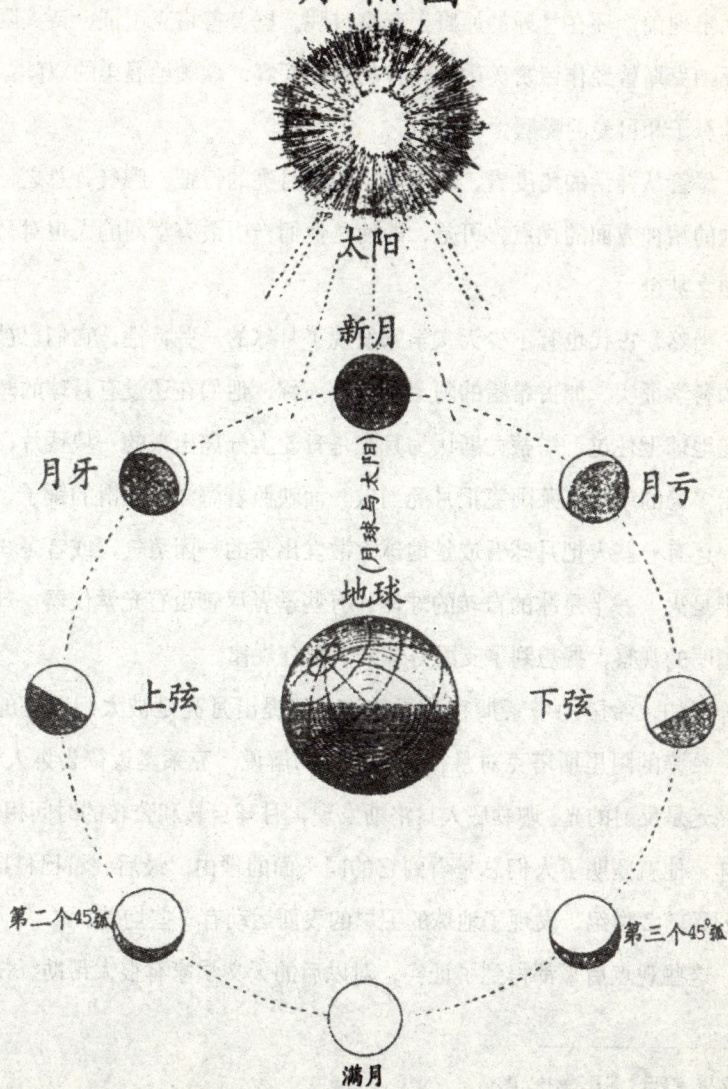

月 相 图

太阳

新月

月牙

月亏

(月球与太阳)

地球

上弦

下弦

第二个45°弧

第三个45°弧

满月

月球运行图

会见英俊的恩底弥翁①去了。如果相信神话传说，内梅阿②的狮子在地球上出现前，还在月球的原野上奔跑过呢。据普鲁塔克引证，诗人阿耶齐亚纳克斯曾经作诗赞美敬爱月神的灿烂面容，歌颂她温柔的双眸、迷人的鼻子和可爱的嘴唇。

尽管从神话的角度看，古人非常了解月亮的特征、脾气，总之，了解她的精神方面的优点，可是，即使是他们当中最有学问的人也对月球学知之甚少。

当然，古代也有不少天文学家发现了月球的一些特性，它们已被今天的科学证实。如古希腊的阿卡狄亚人声称，他们在还没有月球的时代曾在地球上住过，塔蒂尤斯认为月亮是日轮上分离出来的一块残片，亚里士多德的弟子克莱阿克把月亮当做一面映照着海洋的光滑的镜子，最后，还有一些人把月球看成是地球上散发出来的一团蒸气，或者是一个一半是火，一半是冰的自转的球体，有些学者尽管没有光学仪器，却通过精明的观察，揣想到了支配月球的大部分规律。

例如，希腊的塔莱斯在公元前460年提出月亮是被太阳照亮的论点。希腊的阿里斯塔克对月相作了正确的解说。克莱奥迈德告诉人们，月亮光是反射的光。迦勒底人贝洛斯发现，月球自转和公转的时间相等，这样，他就阐明了人们总是看到它的同一面的理由。最后，希巴科斯③在公元前2世纪，发现了地球的卫星的表面运动有一些均差。

这些观点后来都得到了证实，对以后的天文学家有很大帮助。托勒

---

① 牧人，美男子，是月亮女神的情人。

② 古希腊地名。

③ 希巴科斯，古希腊伟大的天文学家，发现了均差。

密^①在二世纪，阿拉伯人阿布韦法^②在十世纪，都对希巴科斯的观测作了补充，他们认为月球的轨道受太阳的作用，变成了波状线，因此有均差现象。随后，十五世纪的哥白尼^③和十六世纪的蒂科·布拉埃^④全面论述了星球体系和月球在整个天体中所起的作用。

当时，月球的运动已差不多都确定下来，但人们对它的物理结构却知之甚少。只是到了伽利略^⑤的时代，他才解释说，在某些月相中产生的发光现象是由一些月球表面的山脉引起的，他说这些山脉的平均高度为四千五百托瓦兹^⑥。

在他之后，但泽的天文学家厄弗利于斯把海拔最高的山脉降为二千六百托瓦兹，但他的同行里克希奥利又将它们升高至七千托瓦兹。

十八世纪末，赫歇尔^⑦用一个大功率的天文望远镜观测，把以上的高度大大降低了。他认为这些山脉最高的只有一千九百托瓦兹，平均高度则降为四百托瓦兹。然而，赫歇尔也弄错了，后来又经施勒泰、卢维尔、哈雷、纳斯密斯、比安希尼、帕斯托尔夫、洛尔曼和克利杜伊逊，特别是比尔和马德莱尔两位先生坚忍不拔的研究，才彻底解决了这个难题。多亏了这些学者，月球山脉的高度今日才大白于天下。比尔和马德莱尔两位先生测算过一千九百零五座山，其中有六座高二千六百多托瓦兹，二十二座高二千四百多托瓦兹。最高峰从三千八百零一托瓦兹的高

---

① 托勒密，古希腊天文学家，他把地球看做宇宙的中心。

② 阿布韦法，天文学家。

③ 哥白尼，波兰伟大的天文学家。

④ 蒂科·布拉埃，丹麦天文学家。

⑤ 伽利略，意大利伟大的数学家、物理学家和天文学家。

⑥ 托瓦兹，法国古长度名，一托瓦兹约合一点九四米。

⑦ 赫歇尔，生于德国的汉诺威，英国天文学家。

月球表面

度俯瞰着月轮的表面。

与此同时，我们对月球的认识日趋完整，看起来，这个星球到处是火山口，每一次观察都证明，它们基本上属于火山带。被它遮住的行星的光线没有折射现象，由此我们可以得出结论，月球上几乎没有空气。没有空气就自然没有水。这样，显而易见的是，月球人一定要有特殊的生理结构，与地球上的居民大不相同，否则无法在这样的条件下生活。

总之，由于采纳了新方法，更为完善的仪器仍在不停地对月球进行深入探索，不放过月球表面的每一个角落。它的直径为二千一百五十英里①，面积为地球的十三分之一，体积为地球的四十九分之一。可以说，它的任何奥秘都无法逃过天文学家的慧眼，这些能干的学者还要把他们惊人的观测提高到更加完美的地步呢！

例如，他们发现在满月时，月球表面有些部分会出现一些白线，而在月亏时却出现一些黑线。经过更加精确的研究，他们终于搞清楚了这些线条的性质。原来这是一些在两条平行边中形成的窄长沟纹，一直伸展到火山口的周边，它们的长度在十英里至一百英里之间，宽八百托瓦兹。天文学家把它们叫做凹槽，不过，他们所能做到的，也就是给它们取名而已。至于这些槽是否为古老河流干涸的河床，他们也无法圆满地答复。因而美国人希望有那么一天能彻底弄清楚这个地质现象。他们还打算把格鲁伊杜森在月球表面发现的一系列平行壁垒探察清楚，这位慕尼黑的知名教授认为它们是月球上工程师们修筑的一个堡垒体系。以上两点，当然还有其他许多问题，均有待澄清，恐怕只有等直接与月球发

---

① 相当于地球半径的四分之一多一点。——原注

生联系之后，才能得到解决了。

至于光的强度，这方面已不再需要进行什么探索了。大家已经知道它的强度比太阳光强度要弱三十万倍，它的热量对温度计不起多大作用；至于被称为"灰光"的现象，自然被说成是太阳光从地球上反射到月球上的结果，在月初和月亏时，它似乎对月牙起到补充光线的作用。

这就是当时人们已经获得的关于地球卫星的知识状况。大炮俱乐部打算在宇宙学、地质学、政治学和伦理学的观点上对这些知识加以补充和完善。

第六章 在美国不可能不知道的和不再允许相信的东西

巴比凯恩的建议引起的直接反响是，有关月亮的天文现象立刻成为人们的热门话题。每个人都开始了对月亮的刻苦研究。好像它在地平线上还是第一次露面，谁都没有在天空中看到过它似的。月亮女神变得风行一时，她虽然当了皇后，但仍旧朴实无华，虽然跻身于众多的"恒星"之列，却毫不盛气凌人。各报纷纷重新刊载以《狼的太阳》为主题的古老故事。它们提到，远古时代愚昧无知的原始人曾认为它能主宰人间祸福。它们用各种方式歌颂月亮；如果再发展下去，它们或许会引用它的风趣话了，全美国都沉醉在"月亮狂"之中了。

至于科学杂志，它们更加关注与大炮俱乐部计划有关的各种专门问题；它们公开发表了剑桥天文台的信，就此发表评述，并且毫无保留地表示支持。

一句话，哪怕是一个文化知识最低的美国人，也应该了解关于地球卫星的天文学知识，即使见识最狭隘的老太婆，也再不会相信有关月亮的迷信了。科学通过各种形式向他们灌输；它通过耳濡目染深入人心；在天文学方面再也没有傻瓜了……

直到这时，仍有许多人不知道地球到月球的距离是怎样计算出来的。于是，人们趁此机会告诉他们，这个距离是通过月球的视差而得到的。如果有人对"视差"这个字眼弄不懂，人们就会向他解释，视差是从地球半径的两端一直引到月球的两条直线形成的角度。假如他们对这种方法是否完善尚存疑惧，人们就可以立刻向他们证实，不仅平均距离为二十三万四千三百四十七英里，而且天文学家的计算误差不超过七十英里。

对那些不大熟悉月球运行情况的人，报纸每天向他们讲解：月球有两种不同的运动，第一种是围绕轴线的自转，第二种是围绕地球的公转，两种运动时间相等，即在二十七又三分之一天中完成。

自转运动导致了月亮表面的白天和夜晚；不过每个太阴月只有一个白天和一个夜晚，两者均为三百五十四又三分之一小时。但有幸的是，月亮面向地球的一面被地球的光线照亮，强度相当于月亮光的十四倍。至于我们永远看不到的另一面，它自然就是整整三百五十四个小时的黑夜了，仅仅接受到一些苍白星光的调节。这种现象的产生完全是由于自转与公转的时间完全相等，根据卡西尼和赫歇尔的论点，这种现象与木星的卫星一样，很有可能其他所有卫星也是如此。

有些求知欲强但脾气躁的人，一开始不明白，既然月亮公转时总是同一面面向地球，为什么在同时又能自转一周呢？于是，人们就对他们说："到你的饭厅里去，眼睛始终望着饭桌中心，当你绕完一个圈子，你自己也转了一圈，因为你的目光已经相继扫完了饭厅的每个角落。很好，饭厅就是天空，桌子就是地球，而你，就是月亮！"他们听了这个生动的比喻，就高兴地走开了。

月亮就这样总是同一面向着地球；不过，必须更进一步明确指出，由于月球有一定的由北向南和由西向东的摇摆——叫做"天平动"，在地球上看到的这一面略大于月轮的一半，即百分之五十七左右。

当原来一无所知的人和剑桥天文台台长一样，对月亮的自转运动了如指掌时，就开始对月亮绕地球的公转运动担心起来，二十家科学杂志迅速作出反应，向他们介绍这方面的知识。于是他们明白了以下情况：可以把布满星星的太空看成一块巨大的钟面，月球在钟面上运行，给地球上的全体居民指出真正的时刻；在这个自转运动中，黑夜的天体呈现出不同的月相，当月球与太阳相对时是满月，即三个星球处于一条直线上，地球位于当中；当它背着太阳时是新月，这时它位于地球与太阳之间；最后，当它与太阳和地球形成一个直角并处于角顶时，就是上弦或者下弦。

于是，有几个头脑敏锐的美国人得出结论，只有在合或冲的时候才会有食的现象，他们说得很在理。在合时，月球可以遮住太阳，而在冲时，却是地球遮住太阳。之所以达不到每个太阴月有两次食，那是因为月球运行的轨道与黄道是倾斜的，换句话说，是由于与地球轨道平面倾斜的缘故。

至于黑夜的天体在天际线上可达到什么高度的问题，剑桥天文台的信中早已写明。谁都明白，这个高度根据人们观测的地点的纬度不同而异。但月球经过天顶点，也就是说它正好直接位于观察者们头顶的地方，必须是在南北纬二十八度到赤道之间的地区。为此，信中再三要求，必须选择地球上的这一部分地区来进行实验，使炮弹得以垂直地发射，好尽快摆脱地心引力的作用。这是保证发射成功的基本条件，它并没有让公众舆论为之过多操心。

至于月球绕地球公转的轨道，剑桥天文台早已明白地告诉大家，包括各国对此知之甚少的人们，也是很清楚的。天文台指出，月球轨道不是一个圆形，而是一个椭圆，地球占据了两个圆心中的一个。所有的行星轨道全是椭圆形的，所有的卫星轨道也是这样，理论力学准确地证明，它们不可能是别的样子。月球位于远地点时离地球最远，位于近地点时离地球最近，这早已是家喻户晓的了。

所有这一切，都是每一个美国人不能不知道，也不该不知道的东西。虽然这些真实原理得到了普及，可许多错误认识和一些毫无根据的害怕，却一下子难以根除。

例如，有些善良的人们坚持认为，月球是一颗古老的彗星，沿着其狭长的轨道围绕太阳运行，在接近地球时，被约束在地球的吸力圈内。这些"沙龙天文学家"自以为这样就可解释光辉灿烂的月球表面的烧灼现象，真是无法挽回的不幸。

可是，当人们提醒他们，彗星有大气层，而月球只有很少空气或者没有时，他们就张口结舌，无话可说了。也有一些胆小怕事的人对月球有些畏惧情绪。他们曾听说，自从哈里发时代的观测以来，月球的公转运动在一定程度上是越来越快了；他们由此作出非常合乎逻辑的推断，由于运行的加速，必然导致月球与地球的距离日益缩小，如此因果循环发展下去，总有一天月球会掉到地球上来。然而，当人们告诉他们，根据法国著名数学家拉普拉斯的测算，这个加速极为有限，而且紧接着会有成比例的减速时，他们为后代子孙的担心和害怕也就烟消云散了。因此，在未来的世纪中，太阳世界的平衡就不会受到打扰了。

　　最后就剩下比较愚昧的迷信阶层了。这些人并不满足于一无所知，他们知道很多实际上并不存在的事物，他们熟知月球的来龙去脉。有些人把月亮看做一轮光滑的明镜，从中可以看到地球的各个角落，互相沟通思想。另一些人则声称，在一千次对新月的观测中，有九百五十次会引起诸如洪水、革命、地震、暴雨等巨变，因此他们相信黑夜的天体对人类命运有神秘的影响，他们把月亮看成人类生存的"真正平衡的力量"，他们猜想每个月球人都和地球上的某一个居民有一种感应联系，他们认为生命体系完全受它控制，并固执地断言，新月时大都生男孩，下弦时大都生女孩，等等。但是归根结底，我们必须抛弃这些庸俗的错误，回到唯一的事实真相上来。诚然，假若月亮被剥掉了它的迷信影响，就会在一些崇拜奉承者心目中丧失所有的权威，有些人对它转过背去，但绝大多数人还是对它表示赞赏的。至于美国人，他们唯一的雄心壮志就是想征服太空中的这块新大陆，把美国星条旗插上月球顶峰。

第七章 炮弹的赞歌

在 10 月 7 日那封有纪念意义的回信中，剑桥天文台已经从天文学的角度对这个问题进行了论述；今后的关键就是从机械上加以解决了。当时，除了美国以外，别的任何一个国家都会对实际困难感到束手无策。在这儿，他们可是易如反掌。

巴比凯恩主席不失时机地在大炮俱乐部里任命了一个执行委员会。他要在三次会议期间弄清大炮、炮弹和火药三个大问题。执委会由在这些方面享有盛名的四位专家组成，他们是巴比凯恩（在赞成与反对票相等的时候，他有决定性的一票）、摩根将军、艾尔菲斯顿少校，还有必不可少的杰·特·马斯顿，他担任秘书和发言人职务。

10 月 8 日，执委会在共和街三号巴比凯恩主席的家中举行会议。考虑到不能因饥肠辘辘而干扰如此严肃的一次讨论会，这十分重要，大炮俱乐部四位会员就在一张放着三明治和几把大茶壶的桌前就座。马斯顿立刻把笔在假手上的铁钩上拧紧，会议就开始了。

巴比凯恩首先致辞：

"亲爱的同事们，我们需要解决弹道学上最主要的难题中的一个，

巴比凯恩首先致辞

这门杰出的科学专门研究抛射体的运动，也就是说利用某一种推动力把物体送入太空，然后听任其自然前进的运动。"

"啊！弹道学！弹道学！"马斯顿激动地喊道。

"看来，"巴比凯恩接下去说，"我们第一次会议先讨论机械问题，也许比较合乎逻辑……"

"是这样。"摩根将军应声附和。

"可是，"巴比凯恩继续说道，"经过再三考虑，我觉得炮弹问题应放在大炮前面进行研究，因为人炮的大小必须取决于炮弹的大小。"

"我要求发言！"马斯顿叫道。

由于他辉煌的过去，他的要求立刻得到允许。

"亲爱的朋友们，"他兴奋地说道，"我们的主席把炮弹问题放在其他问题的前面研究，这完全正确！我们将要发射到月球上去的这枚炮弹是我们的使者、我们的大使，请允许我纯粹从精神的角度来谈谈这个问题。"

这种从新奇的角度看待炮弹的观点，引起了委员会成员们强烈的好奇心，因此他们格外注意听马斯顿的发言。

"亲爱的同事们，"马斯顿接着说下去，"我的话很简单，我把炮弹的物理学问题，把炮弹的杀伤力先搁在一边，现在只从数学和伦理学方面来谈谈炮弹。我认为炮弹是人类力量的最光辉体现，炮弹本身就概括了这一切，通过它的创造，说明人类和造物主已相差无几了！"

"说得好！"艾尔菲斯顿少校说。

"确实如此，"马斯顿继续往下说，"如果说上帝创造了恒星和行星，那人类就创造了炮弹，这是地球上速度的最高标准，这是太空行星的浓缩，而实际上，行星也不过是一些在太空遨游的炮弹而已！自然界中有电速、光速、恒星速、彗星速、卫星速、音速和风速！但属于我们的是炮弹速度，比火车和千里马还要快一百倍！"

马斯顿心荡神驰，以抒情的声调唱起了这首炮弹的神圣赞歌来了。

"你们想不想看具体数字？"他继续往下讲，"下面就是一些有说服力的数字！就拿最普通的二十四磅炮弹[①]来说吧，虽然它比电慢八十万倍，比光慢六百四十倍，比绕太阳运行的地球慢七十六倍，可是，它离开炮膛时，就比音速还要快[②]，每秒钟走二百托瓦兹，十秒钟走二千托瓦兹，每分钟走十四英里（约合二十四公里），每小时走八百四十英里（约合一千四百四十公里），每天走二万零一百英里（约合三万四千五百六十公里），也就是说，等于赤道地区地球自转的速度，每年走七百三十三万六千五百英里（约合一千二百六十二万三千零四十公里）。这样，它到月球只要花十一天，到太阳用十二年，到太阳系最边缘的海王星用三百六十年。这就是一枚普通炮弹所能达到的能量，它就出自我们的双手！当我们以每秒七英里的速度——比上面速度快二十倍——发射时，又不知将是什么景象！啊！神奇的炮弹！辉煌的炮弹！我多么喜欢想象你在那儿受到地球大使般的隆重接待啊！"

这篇响亮的结束语迎来了一片欢呼声，心情激动的马斯顿在同事们的祝贺声中坐了下来。

"刚才已经作了大半天诗，"巴比凯恩说，"现在我们开门见山，直接研究问题吧。"

---

① 即重二十四磅的炮弹。——原注

② 因此，当你听到炮口的轰鸣声时，就再也不会被炮弹击中了。——原注

"我们已经准备好了。"委员们每人吃了半打三明治以后回答说。

"你们已经知道需要解决的是什么问题了。"巴比凯恩接着说,"关键在于给予炮弹以每秒一万二千码的速度。我有理由认为,我们一定会成功。但是在目前,我们先来检查一下迄今为止我们已经达到的速度,摩根将军可把这方面的情况给大家介绍一下。"

"这太容易了,"将军回答说,"因为战时我曾是试验委员会成员。因此,我可以告诉你们,一百磅的道格林炮弹射程为二千五百托瓦兹,初速为每秒五百码。"

"好的,那罗德曼的'哥伦比亚'①呢?"主席问道。

"在纽约附近汉密尔顿要塞的试射中,罗德曼的'哥伦比亚'把一枚半吨重的炮弹发射到六英里远,速度为每秒八百码,英国的阿姆斯特朗和巴利赛可从未取得过这样的成绩。"

"呸!英国人!"马斯顿边说边用他那令人生畏的铁钩子指着东方。

"这么说来,"巴比凯恩接着说,"八百码想必是目前能达到的最快速度了。"

"是的。"摩根回答。

"可是,我说,"马斯顿反驳道,"假如我的迫击炮没有爆炸的话……"

"不错,可它已经爆炸了。"巴比凯恩做了一个亲切的手势答道,"那咱们就把八百码的速度作为起点吧!必须提高二十倍。因此,把如何提供这样的速度的方法放到另一次会议进行讨论吧。亲爱的同事们,我提请你们注意,炮弹要多大才合适?你们自然会想到,现在要谈的可不是

---

① 美国人把这些重型大炮叫做哥伦比亚。——原注

罗德曼的"哥伦比亚"大炮

那种最多不会超过半吨重的炮弹了！"

"为什么不是？"少校问。

"因为这枚炮弹，"马斯顿抢着回答，"必须相当大，才能引起月球人的注意，如果那儿有人的话。"

"对，"巴比凯恩回答，"但还有一条更重要的理由。"

"什么理由，巴比凯恩？"少校问。

"我的意思是说，光是发射炮弹就再也不管它了，这是不够的，我们必须在飞行过程中跟踪它，直到它到达目的地为止。"

"啊？"将军和少校同时发出疑问，他们对这个建议稍感意外。

"毫无疑问，"巴比凯恩信心十足地说，"毫无疑问，不然，我们的实验就不会产生任何效果。"

"那么说，"少校反驳道，"你要把这枚炮弹造得很大喽？"

"不是的，请听我往下说。你们都知道，光学仪器已经有了很大的发展，有些天文望远镜已经可以把物体放大六千倍，可以把月球的距离缩短到四十英里左右（合六十四公里）。可是，在这样一个距离内，只有六十英尺宽的物体才能完全看清楚。我们没有再把天文望远镜的观测力扩大，因为再扩大下去，就会使物体的光度减弱，而月亮只不过是一面反光镜，不会放射足够强烈的光线，因而扩大的倍数不能超过这个限度。"

"好呀！那你打算怎么办？"将军问，"把你炮弹的直径定为六十英尺吗？"

"不是！"

"那么，你想要使月亮更亮一些？"

"正是。"

"这有些过分了！"马斯顿喊道。

"是的，很简单，"巴比凯恩回答，"事实上，只要我能设法减低月亮穿过的大气层的厚度，不就可以使月亮更光亮吗？"

"当然喽！"

"那好！为了取得这个效果，我只要把天文望远镜架在某个高山上就可以了。这就是我们要做的事。"

"我懂了，我懂了，"少校回答，"你使问题变得简单化了！……你希望用这样的方法放大多少倍？"

"放大四万八千倍，把月球的距离缩短到只有五英里，这样，物体直径只要九英尺左右就可看得一清二楚了。"

"好极了！"马斯顿叫道，"我们的炮弹直径将是九英尺吗？"

"正是。"

"不过，请允许我指出，"艾尔菲斯顿少校说，"这个重量还是相当可观，而且……"

"啊！少校，"巴比凯恩回答说，"在讨论其重量之前，让我告诉你们一个情况，那就是我们的祖先在这方面可创造了不少奇迹。有人说弹道学近来停滞不前了，我可从没这么想过，然而，了解一下从中世纪以来，已经取得的惊人成就，我敢斗胆说一句，比我们的成就更加辉煌，这对我们是有益的。"

"举个例子！"摩根反驳道。

"请你加以证实！"马斯顿紧接着喊。

"这真是轻而易举的事，"巴比凯恩回答，"例子不胜枚举。比方说，

1453 年穆罕默德二世时，在君士坦丁堡发射的石弹就有一千九百磅重，体积想必相当可观。"

"哎哟！"少校说，"一千九百磅，这可是个大家伙！"

"骑士年代，在马耳他岛，圣艾尔玛堡的一门大炮射出的炮弹重达二千五百磅。"

"不可想象！"

"还有，根据一位法国史学家的记述，路易十一王朝时，有一门迫击炮发射了一枚只有五百磅重的炮弹，但这枚炮弹是从疯子关贤人的地方——巴士底监狱发射的，它一直落到贤人关疯子的地方——夏朗东。"

"好极了！"马斯顿说。

"从那以后，你们又看见了什么？阿姆斯特朗大炮的炮弹重五百磅，罗德曼的'哥伦比亚'炮的炮弹重半吨！似乎炮弹的射程越来越远，而重量却越来越轻。因此，如果我们把精力转移到这一方面，借助科学的进步，我们一定可把穆罕默德二世和马耳他骑士们的炮弹重量增加十倍。"

"这是自然，"少校回答，"但你打算用什么金属造炮弹？"

"很简单，用铸铁。"摩根将军说。

"呸！用铸铁！"马斯顿以轻蔑的语气喊，"要上月球的炮弹用铸铁未免太平常了。"

"别言过其实，敬爱的朋友，"摩根回答，"铸铁就足够了。"

"那好吧！"艾尔菲斯顿少校又说，"既然重量与其体积成正比，那么，一枚直径九英尺的铸铁炮弹，重量也是相当吓人的！"

"如果它是实心的，当然很重，可如果是空心的，情况就不同了。"

马耳他岛的大炮

巴比凯恩说。

"空心的！这还算炮弹吗？"

"我们可以把信件放在里面，"马斯顿反驳道，"还有我们地球上产品的样品！"

"是的，就是一枚空心炮弹，"巴比凯恩回答说，"而且只能如此。一枚一百零八英寸的实心弹重达二十万磅以上，显然太重了，可为了使炮弹保持一定的稳定性，我建议炮弹重量为五千磅。"

"那炮弹的内壁多厚？"少校问。

"如果我们根据常规的比例，"摩根继续说，"一枚直径一百零八英寸的炮弹内壁至少要两英尺厚。"

"这太厚了，"巴比凯恩插话，"请注意，我们现在谈论的，并不是用来穿透钢板的炮弹，因此内壁厚度只要足以承受火药爆炸的气压就可以了。问题在于：一枚只有二万磅重的铸铁空心弹应有多厚的内壁？我们的计算能手，亲爱的马斯顿会在这次会议上当场告诉我们的。"

"这再简单不过了。"尊敬的执委会秘书回答。

他一面说，一面在纸上画了几个代数公式，在他的笔下出现了一些 n 和 x 的二次方。他甚至好像根本没费什么劲儿，就求出了一个立方根，然后说：

"内壁不过两英寸厚。"

"这够吗？"少校以怀疑的口吻问。

"不够，"巴比凯恩主席答道，"很明显，不够。"

"那怎么办？"艾尔菲斯顿一副为难的样子。

"不用铁，换另外一种金属。"

"用铜?"摩根建议。

"不行,这还是太重,我觉得还有比铜更好的金属。"

"到底是什么?"少校问。

"铝。"巴比凯恩答道。

"铝?"主席的三位同事一起叫喊起来。

"不用怀疑,朋友们。你们知道,1854 年,著名的法国化学家亨利·圣克莱尔·德维尔成功提炼出了结构紧密的铝块。这种贵重金属色白如银,像金子一样永不变质,像铁一样坚韧,像铜一样易熔,像玻璃一样轻。它便于加工,在大自然里分布很广,因为矾土是绝大部分岩石的主要组成部分。它比铁轻三倍,好像老天爷把它创造出来就是专门用来做我们炮弹的材料似的!"

"万岁!铝!"执委会秘书又叫了起来,他在高兴时,总是叫叫嚷嚷的。

"可是,亲爱的主席,"少校问,"铝弹的成本价格不会太高吧?"

"在刚发现铝时是很贵,"巴比凯恩回答,"每磅铝的价格为二百六十到二百八十美元(约合一千五百法郎),然后,降到二十七美元(合一百五十法郎),最后,到了今天,就只要九美元(合四十八点七五法郎)了。"

"即使九美元一磅,"少校有点儿不以为然,"这仍旧不是个小数目,还是很贵呀!"

"是贵了点儿,亲爱的少校,但不是高不可攀!"

"炮弹应有多重?"摩根问。

"我计算的结果是,"巴比凯恩回答,"一枚直径一百零八英寸,厚十二英寸的铸铁炮弹,重六万七千四百四十磅,如果用铝制炮弹,则重量将减至一万九千二百五十磅。"

"好极了!"马斯顿喊道,"它正符合我们的计划。"

"什么好极了!好极了!"少校仍不以为然,"你知道吗?一磅铝要九美元,那这枚炮弹要值……"

"值十七万三千二百五十美元(合九十二万八千四百三十七点五法郎),这个我很清楚,但不用担心,朋友们,我可以向你们打包票,我们的试验并不会缺钱。"

"钱会像下雨一样,掉进我们的钱箱里!"马斯顿说。

"好,就这样!你们对用铝弹还有什么意见?"主席问大家。

"通过。"三位委员异口同声回答。

"至于炮弹的形式,"主席接下去说,"问题不大,因为只要一穿过大气层,炮弹就到达真空地带了。我建议造一个圆形炮弹,它高兴的话,可以自己旋转,随心所欲。"

第一次执委会就这样结束了,炮弹问题已经完全解决了,马斯顿想到要往月球发射一枚铝弹,心中很是得意:"让月球人知道,地球上的居民可是好样的!"

第八章 大炮的历史

这次会议通过的决议在外界产生了巨大的反响。有些胆小怕事的人一想到要把一枚重两万磅的炮弹送上太空就多少有点儿担心害怕。人们都在寻思，什么样的大炮能够给这么笨重的东西传递足够的初速度？执委会第二次会议记录必将圆满地回答这些问题。

第二天晚上，大炮俱乐部的四名委员又在堆积如山的三明治和真正的茶的海洋旁边就座。这次是开门见山，讨论随即展开。

"亲爱的同事们，"巴比凯恩说，"我们即将讨论的是我们要制造的大炮问题，它的长度、形状、结构和重量。我们可能会制成一个非常庞大的大炮，但不管有多大困难，都会被我们的工业天才征服。请听我往下讲，你们可别不敢提出不同意见。我是不怕有异议的！"

他的表态引起了一片赞许声。

"请别忘了，"巴比凯恩接着说，"昨天我们讨论到什么地方了，现在摆在我们面前的问题是：怎样给予一枚直径一百零八英寸、重两万磅的空心炮弹以每秒一万二千码的初速度。"

"不错，就是这个问题。"艾尔菲斯顿少校附和道。

"我接下去讲，"巴比凯恩说下去，"当一枚炮弹往太空发射时，会发生什么情况？它会受到三种独立力量的影响：环境阻力、地心引力和它本身的推动力。我们来分析一下这三种力量。环境阻力，即空气阻力，是微乎其微的。事实上，地球的大气层只有四十英里厚（约合六十四公里）。既然速度是每秒一万二千码，那炮弹只消五秒钟就可穿透大气层，时间是这样短促，环境阻力几乎可忽略不计。再就是地心引力，也就是空心弹的重量。我们知道，这个重量与距离的平方成反比而减轻，事实上，物理学告诉我们：当一物体向地面自由坠落时，第一秒钟仅下降十五英尺，而如果同一个物体送到二十五万七千一百四十二英里的高度时，也就是说，放在相当于月球的位置的高空时，它第一秒钟的速度将缩小到半法分（即一点一二五毫米）。这几乎等于静止不动。故问题在于逐渐克服这个重力作用。我们如何达到这个目的呢？那就是用推动力。"

"这就是困难所在。"少校应答着。

"确实，这就是我们的难题。"主席接着说，"但我们一定可以战胜它，因为我们需要的推动力来自大炮的长度和使用火药的数量，而后者只受前者阻力的限制。因此，今天我们来讨论大炮的规模问题。既然大炮不需要移动，当然我们可以制造出抗力无限大的发射。"

"这是一清二楚的。"将军说。

"直到现在为止，"巴比凯恩讲下去，"我们最长的哥伦比亚重炮，长度也不超过二十五英尺，所以我们不得不采用的大炮体积，必将使许多人感到吃惊。"

"哦！这当然，"马斯顿叫道，"要是我，我希望造一门半英里长的大炮！"

"半英里长！"少校和将军同声喊道。

"是的！半英里长，这样还短了一半呢！"

"哎呀！马斯顿，"摩根不以为然，"你太夸张了！"

"不，一点儿也不夸张！"急性子的秘书反驳，"我真不懂，你们为什么会认为我夸张。"

"因为你说得太离谱了！"

"先生，要知道，"马斯顿装腔作势地回答，"要知道，大炮发明家和炮弹一样，永远不会走得太远！"

讨论变成了人身攻击，不过，主席出来干预了。

"冷静点，朋友们，放理智点；很明显，我们需要一门炮身很长的大炮，因为只有长口径才能增加炮弹下面气体的膨胀力，可也没有必要超过某种限度。"

"就是嘛！"少校附和说。

"在这样的情况下，通常的标准是多少呢？一般炮身长度是炮弹直径的二十到二十五倍，重量为炮弹的二百三十五到二百四十倍。"

"这还不够！"马斯顿激烈地喊道。

"我看很合适，可敬的朋友们，实际上，根据这个比例，对一枚直径九英尺，重两万磅的炮弹来说，炮身长二百二十五英尺，重七百二十万磅就足够了。"

"这太可笑了，"马斯顿又来劲了，"还不如用一支手枪呢！"

"我看也是，"巴比凯恩回答，"因此，我打算加长四倍，造一门九百英尺长的大炮。"

尽管将军和少校提出了一些不同意见，但因得到大炮俱乐部秘书的

马斯顿想象象中的大炮

热情支持，这个建议最后还是被通过了。

"现在，"艾尔菲斯顿说，"炮壁厚度应该是多少？"

"六英尺。"巴比凯恩回答。

"你总不至于把这么笨重的家伙安置在炮架上吧？"少校问。

"那可是很壮观！"马斯顿说。

"可惜行不通，"巴比凯恩回答，"是的，我想就在地上浇铸这门炮，外面用锻铁箍起来，最后用石头和石灰砌筑的厚实台基围起来，这样它就可分担周围场地受到的后坐力。一旦炮筒浇铸成功，把炮膛精心镗制、确定内径，防止游隙①存在；这样，就可避免气体的消耗，而火药的爆炸力可全部用做推动力了。"

"万岁！万岁！"马斯顿欢呼起来，"我们的大炮到手了。"

"还没有呢！"巴比凯恩挥挥手，让他性急的朋友安静下来。

"为什么？"

"因为我们还没有讨论它的形状呢。它将是一门加农炮、榴弹炮，还是迫击炮？"

"加农炮。"摩根说。

"榴弹炮。"少校立即反驳。

"迫击炮！"马斯顿喊道。

看来一场激烈的争论就要开始了，每个人都坚持自己的观点，好在主席出面阻止了。

"朋友们，"他说，"我会让你们大家都同意的；我们的"哥伦比亚"

---

① 指炮弹和炮膛间有时存在的空隙。

将三者兼顾。它将是一门加农炮，因为药膛和炮膛的直径一样。它也是一门榴弹炮，因为它发射的将是一枚榴弹。它又是一门迫击炮，因为它的瞄准角度为九十度，而且没有后坐，固定在地上纹丝不动，把膛内积累的全部推动力传给炮弹。"

"同意，同意。"委员们齐声表态说。

"提一个小问题，"艾尔菲斯顿说，"这门'三者兼顾'的大炮有没有膛线呀？"

"不，"巴比凯恩回答，"不要，我们需要一个极大的初速，你很清楚，有来复线的大炮射出的炮弹要比光滑炮膛的炮弹速度慢。"

"正是这样。"

"这下子我们的大炮总算大功告成了吧！"马斯顿又嚷了起来。

"还没有完全成功。"主席仍不以为然。

"为什么？"

"因为我们还不知道该用什么金属制造呢！"

"赶快决定吧。"

"我给你们提个建议。"

四位委员每人狼吞虎咽地吃了一打三明治，接着喝了一大杯茶，然后讨论继续进行。

"敬爱的委员们，"巴比凯恩说，"我们的大炮应该有很强的韧性，很大的硬度，遇热不熔化，在酸腐蚀作用下不溶解，不生锈。"

"这方面没有疑问，"少校答道，"因为需要使用大量金属，我们在选材上不会感到为难。"

"那好！"摩根说，"我建议用最好的合金来铸造哥伦比亚大炮，也就是说，一百份紫铜、十二份锡和六份黄铜。"

"朋友们，"主席说，"我承认这种合金效果极佳；但在目前情况下，这种材料价格太昂贵了，而且在使用上难度很大。因此，我想采用一种物美价廉的材料，譬如铸铁。少校，你是不是这个意见？"

"对。"艾尔菲斯顿回答。

"确实，"巴比凯恩继续往下说，"铸铁比青铜便宜十倍；它易熔化，用砂模浇铸即可，操作便捷，可以说既节约金钱，又节约时间。再者，这种材料性能很好，我记得在南北战争期间，亚特兰大被围困时，每门铁炮每隔二十分钟发射一千发炮弹，炮身并没遭受损坏。"

"可是，铸铁容易脆裂。"摩根说。

"是这样，但也很坚固；再者，我向你们保证，炮身绝不会炸裂的。"

"我们能够开炮，又可问心无愧。"马斯顿以说教式的口吻说。

"肯定无疑，"巴比凯恩回答。"现在请我们尊敬的秘书计算一下，一门长九百英尺，内径九英尺，厚六英尺的铁炮的重量是多少？"

"一会儿就算好。"马斯顿回答说。

就像昨晚那样，他很快列出了公式，一分钟后他说：

"这门大炮重六万八千零四十吨。"

"这门炮要花费……"

"共二百五十一万零七百零一美元。"

马斯顿、少校和将军惶惑不安地瞧着巴比凯恩。

"那好！先生们，"主席说，"我把昨天说过的话再重复一遍，放心吧，这几百万美元我们不用发愁。"

听到了主席的保证，委员们在决定明晚开第三次会议之后，就分手了。

第九章　火药问题

现在就剩下火药问题了。大家都在焦虑地等待着这个最后的决定。既然炮弹的大小和炮身的长短已定，那么需要多少火药才能产生足够的推动力呢？这种已被人类控制了效能的可怕的物质，即将以罕见的规模发挥它的作用。

根据众所周知、广为流传的传说，火药是十四世纪由施瓦茨修道士发明的，他为了这项伟大的发明付出了生命的代价。但现在已经证实了，这个故事来自中世纪的传奇故事。火药并不是由某一个人发明的；它是从希腊火硝中直接衍生的，这种火硝和火药一样，由硫黄和硝石组成。只是自从那以后，这种混合物就由导火物变成了爆炸物了。

如果说学识渊博的人，对火药的虚构的发明史都十分清楚的话，却极少有人注意到它的力学功能。因此，有必要先把这点搞清楚，才能认识到提交执委会讨论的这个问题有多么重要。

一升火药重约两磅；它燃烧时产生四百升气体，这些气体如果自由散发，并在二千四百度高温的作用下，可占据一块四千升的空间。也就是说，火药的体积与它爆炸时产生气体体积之比为一比四千。当把这些

施瓦茨修道士发明火药

气体压缩在小四千倍的狭窄空间时，人们可以想象它们将产生多么可怕的推力啊！

委员们自然对这些了如指掌。第二天开会时，巴比凯恩让艾尔菲斯顿少校发言，因为他曾在战时担任过火药部门的领导。

"亲爱的同志们，"这位杰出的化学家说，"我将先从一些不容置疑的数字谈起，作为我们考虑一切的出发点。前天，尊敬的马斯顿曾用那么富有诗意的词句赞颂过的二十四磅炮弹，只要十六磅火药就可射出炮口了。"

"这个数字你有把握？"巴比凯恩问。

"绝对有把握，"少校回答，"阿姆斯特朗大炮只用七十五磅火药就把一枚重八百磅的炮弹发射出去了，而罗德曼的'哥伦比亚'大炮重半吨，只需一百六十磅火药，射程达六英里。这些都是铁的事实，不容置疑，因为我都亲自把它们写在大炮生产委员会的会议记录上了。"

"正是这样。"将军在一旁附和。

"那好！"少校接下去说，"从这些数字可以得出结论，火药的数量并不随着炮弹的重量而增加，事实上，假如一枚重二十四磅的炮弹需要十六磅火药，换句话说，假如普通大炮一般使用火药的数量为炮弹重量的三分之二，那么这种比例并非一成不变的。通过下面的计算你们就会看出：一枚半吨重的炮弹，并没有使用常规的三百三十三磅火药，而是缩减到只要一百六十磅就够了。"

"你到底要说明什么？"主席问。

"如果把你的论点推而广之，亲爱的少校，"马斯顿说，"你不至于在你的炮弹达到足够重量时，就再也不用放火药了吧。"

"我的朋友马斯顿怎么拿这么严肃的事开玩笑？"少校反驳说，"请放心，我马上就会对火药的使用数量提出建议，让你这位大炮发明家的自尊心得到满足。只是，我通过观察，必须强调指出，经过战时实地试验，最大的大炮曾将火药的数量压缩到炮弹重量的十分之一。"

"说得完全正确，"摩根说，"然而在决定产生动力所需要的火药数量之前，我看最好就火药的性质统一一下意见。"

"我们打算使用大颗粒状火药，"少校回答，"它比粉末状火药燃烧起来要更快一些。"

"那是自然，"摩根反驳说，"不过，它的破坏力很大，会弄坏大炮的炮膛。"

"对！这对一门要长期使用的大炮来说是不合适的，可是对我们的哥伦比亚大炮就无所谓了。我们不会冒任何爆炸的风险，只要火药能在瞬间燃烧，以充分发挥其力学作用就行了。"

"我们也可以多钻几个孔，"马斯顿说，"这样可以同时从几个不同的地方点火。"

"是可以这样的，"艾尔菲斯顿回答，"然而这样操作起来会更加困难。所以，我还是比较倾向于用大颗粒状火药，可省去操作中的困难。"

"好吧。"将军表示同意。

"为了装填他的哥伦比亚炮，"少校继续说，"罗德曼使用了一种像栗子一样的大颗粒火药，它就是用柳树木炭在大铁锅中焙炒而成的。这种火药质地坚硬、闪闪发光，放在手上不会留下任何痕迹，含有很大比例的氢和氧，可瞬间燃烧，尽管破坏性很大，但对炮口不会造成多大的损害。"

"好啦！"马斯顿说，"看来我们没有什么可犹豫的了，就这么选定了吧！"

"除非你更加钟情于金火药①，"少校笑着打趣说，结果招来他那敏感的朋友一个恐吓的手势。

直到目前为止，巴比凯恩一直置身于辩论之外。他让大家说话，自己在一旁仔细倾听，显然他已经有了想法。因此，他只是简单地说：

"现在，朋友们，你们建议用多少火药？"

三位俱乐部成员互相对视了一会儿。

"二十万磅。"摩根终于开口了。

"五十万磅。"少校的意见不同。

"八十万磅！"马斯顿大声说。

这一次，艾尔菲斯顿没敢指责他的同事过分。要知道，这次是往月球发射一枚重两万磅的炮弹，并需要给予它以每秒一万二千码的初速度呀。三位同事提出不同建议之后，紧接着是一阵沉默。

巴比凯恩主席终于打破了沉默。

"各位，"他平静地说，"基于这样一个原则：那就是在既定条件下制出的大炮的抵抗力是无限的。为此，我要对敬爱的马斯顿说，他的计算有些保守，要让他大吃一惊，我建议把他的八十万磅火药再加倍！"

"一百六十万磅？"马斯顿从椅子上跳了起来。

"正是。"

"那该采用我的半英里长的大炮了。"

"对的。"少校说。

① 意思是指无法找到的东西。

"一百六十万磅火药，"执委会秘书接着说，"将占据二万二千立方英尺左右的空间，而你的大炮容量只有五万四千立方英尺，因而将被占去一半，这样炮膛的长度就不够长，无法使气体的膨胀给予炮弹以足够的推动力。"

人们无言以答，马斯顿说得有道理。大家都看着巴比凯恩。

"可是，"巴比凯恩接下去说，"我仍坚持这么多的火药量。请你们想想，一百六十万磅火药将产生六十亿升气体。六十亿！你们听清楚了吗？"

"那怎么办呢？"将军问。

"这很简单，要设法减少火药的数量，而同时保持原来的力能。"

"那么！用什么办法？"

"下面就谈谈我的想法。"巴比凯恩简单地回答。

他的三位听众贪婪地盯着看他。

"实际上很简单，"他接着说，"只要把火药的体积压缩四倍就行了。你们都知道构成植物原始纤维的奇怪物质，人们把它称为纤维素。"

"啊！"少校说，"我懂了，亲爱的巴比凯恩。"

"这种物质，"主席说，"是从各种植物体，特别是从棉花中，在完全纯净状态下获得的。棉花不过就是棉桃的绒毛。然而它与硝酸混合，不用加热，就变成了一种特别难于溶解、特别易燃和爆炸性极强的物质。几年以前，法国化学家布拉克诺特在1832年发明了这种物质，把它叫做木炸药。1838年，另一位法国人佩鲁茨曾研究了它的各种特性，最后，巴塞尔的化学教授松贝尔在1846年提议用它作为炸药使用。这种炸药就是硝化棉……"

"或者叫低氮硝化纤维素。"艾尔菲斯顿插话。

"也叫火棉。"摩根也不甘示弱。

"在这种发明项目下，难道就没有一个美国名字？"出于强烈的民族自尊心，马斯顿喊叫起来。

"非常遗憾，没有。"少校回答。

"然而，"为了告慰马斯顿，主席接着说，"我可以告诉你，我们的一位同胞可以和纤维素的研究联系在一起，因为促成摄影技术的一种主要物质——火胶棉，就是把火棉在掺有酒精的乙醚中溶解而成的。它是由波士顿当时一位学医的大学生麦纳德发明的。"

"真棒！万岁，麦纳德！万岁，火棉！"俱乐部爱嚷嚷的秘书又欢呼起来。

"我还是回到火棉上来，"巴比凯恩接下去说。"你们了解它的特性，它对于我们十分宝贵；火棉的配制非常容易，把棉花浸入冒烟的硝酸①中约十五分钟，然后用大水冲洗，晾干就行了。"

"确实再简单不过了。"摩根说。

"再有，火棉遇到潮湿不变质，我们认为这很宝贵，因为给炮腔装填火药需要好几天时间；它的着火点由二百四十度降为一百七十度，它的燃烧如此突然，以至于用普通火药去点燃它时，后者根本来不及起火，前者就燃烧起来了。"

"确实如此。"少校说。

"可是，火棉要贵些。"

"那有什么关系？"马斯顿说。

---

① 因为硝酸接触了潮湿空气就散发白色浓烟，故这样称呼。——原注

"最后，它传递给炮弹的速度要比普通火药快四倍。我还要补充一句，如果再掺入十分之八的硝酸钾，膨胀力还要大幅度增加。"

"有这个必要吗？"少校问。

"我看没有必要了，"巴比凯恩回答说，"这样的话，我们就不必用一百六十万磅火药，只要用四十万磅火棉就足够了；同时，由于我们可以毫无风险地把五百磅火药压缩成二十七立方英尺的体积，故只占去哥伦比亚三十托瓦兹的炮腔。这样，炮弹在飞向月球之前，在六十亿升气体的推动下，还必须穿过七百多英尺的炮膛呢！"

到了这时，马斯顿再也控制不住激动之情；他好像一枚炮弹似的冲向他的朋友的怀抱，如果巴比凯恩不是天生的足以经受炸弹实验的结实体格，恐怕早就被捅穿了两个窟窿。

第三次执委会在这个插曲中结束。巴比凯恩和他这几位果敢的同事们无坚不摧，终于解决了如此复杂的炮弹、大炮和火药问题。既然方案已定，现在就剩下落实了。

"这不过是小事一桩，不在话下！"马斯顿说①。

---

① 在这次讨论会上，巴比凯恩主席把他的一位同胞当做胶棉的发明人。尽管好心的马斯顿可能不愿意，但这终归是一个误传，它来源于两个名字相似的人。波士顿医科大学生麦纳德在 1847 年确实打算用胶棉治疗伤口，但胶棉是在 1846 年问世的，这项伟大的发明应归功于杰出的法国学者路易·梅纳尔先生，他是一位画家、诗人、哲学家、古希腊文专家和化学家。——原注

第十章 二千五百万朋友和一个敌人

美国公众对大炮俱乐部方案的每一个细节都表现出了极大的兴趣。他们每天注意执委会的讨论、这项伟大实验的最简单的准备工作，它提供的数字问题，有待解决的机械难题，等等，一句话，"它的着手进行"成了人们普遍关注的焦点。

从工程开始到实验完成，前后有一年多的时间；可是在这段时间里，也绝不乏激动人心的场面。地基的选择，模子的制造，"哥伦比亚"的浇铸，棘手的火药装填，等等，这一切都成了引起公众好奇心的热门话题。炮弹一旦射出去，只要十分之几秒的工夫就从视线中消失了；至于接下来它有什么变化，在太空如何运行，以什么方式到达月球等，那就只有极少数幸运者能够目睹了。因而，实验的准备和执行的具体细节，就成了公众真正关注的中心。

但是，方案落实的纯科学的好奇心，由于骤然受到一件意外事件的刺激，变得兴奋激昂起来。

人所共知，巴比凯恩的计划为作者赢得了众多的支持者和朋友。可是，无论多么令人满意和异乎寻常，这个大多数究竟还不是百分之百的一致。合众国各州中只有一个人反对俱乐部的计划；他在各种场合对它进行猛烈攻击；也许是生性如此吧，巴比凯恩尽管得到了朋友们的广泛支持，却对唯一的反对者更为敏感。

其实，他十分清楚唱反调者的动机，这种与众不同的敌意来自何处，是怎样变成私人宿怨的，说到底，连它是从何种争强好胜的竞争里滋长的，他都了如指掌。

敌人一直坚持己见，俱乐部主席从未见过他本人。也幸亏如此，否则两位仇人狭路相逢，后果不堪设想。对手和巴比凯恩一样，也是一位科学家，性情高傲，果敢自信，自尊心强，性格粗暴，一句话，是一个地地道道的美国人。人们都叫他尼科尔船长，他住在费城。

谁也不会忘记，南北战争时期炮弹与装甲舰的钢板之间的奇怪的竞争。前者用来穿透后者，后者决心不让前者钻透。由此就引起了新旧两个大陆各国海军的根本改造。炮弹和钢板之争空前激烈，这一边日益增大，那一边也随之不断加厚。配有重炮的军舰，在坚不可摧的装甲掩护下，冒着炮火前进。"梅里麦克"号、"莫尼托"号、"兰姆－田纳西"号、"威科森"号①，装备着防御敌人炮火的铁甲，发射出巨型的炮弹。它们把自己所不愿意要的东西强送给别人，这就是建立在不道德原则基础上的一切作战艺术。

如果说巴比凯恩是一位伟大的炮弹铸造师的话，那么，尼科尔就是一位杰出的装甲锻造师。前者夜以继日地在巴尔的摩浇铸，后者日以继夜地在费城锻压。二人遵循着各自完全对立的观点在行事。

———————————

① 均为美国军舰名。

尼科尔船长

De la Terre à la Lune

　　巴比凯恩刚发明了一种新型炮弹，紧接着尼科尔就会发明一种新型装甲。大炮俱乐部主席一生献身于穿洞，船长则一生阻止他穿洞。为此，他们的竞争无时无刻不在进行，最后发展为私人仇恨。在巴比凯恩的梦里，经常出现不能穿透的装甲化身的尼科尔，使他撞得粉碎，而在尼科尔的梦中，巴比凯恩好比一枚把他捅了一个透明窟窿的炮弹。

　　虽然他们遵循着两条不同的路线前进，尽管有几何定律的障碍，这两位学者最终还是可能会相遇的，那就是在决斗场上了。对这两位对国家有伟大贡献的公民来说，十分幸运的是，他俩彼此相距有五六十英里之遥，再说他们的朋友们在中途设置了众多的障碍物，以至于他们从来未见过面。

　　现在，两位发明家谁能获胜呢？谁也不清楚，双方取得的成果令人难以作出正确评价。然而，看起来装甲终究要向炮弹让步。

　　裁判员总有些拿不定主意。最后几次试验中，巴比凯恩的圆锥形炮弹就像大头针一样，插到尼科尔的钢板上，这时，费城的锻造师自以为已稳操胜券，对竞争对手也就不怎么轻蔑了，但当对手后来用六百磅的普通炮弹代替了圆锥形炮弹时，船长又不得不认输。说实话，这种炮弹尽管速度一般，却将优质金属的装甲打得四分五裂，遍体鳞伤。

　　事情发展到这一步，好像炮弹已是胜券在握了，可就在战争结束的那一天，尼科尔新锻造的一种装甲问世了！这真是装甲的精品，世界上一切炮弹均不在话下。船长把它运到了华盛顿的试炮场，要与俱乐部主席一决高低。既然已经和平了，巴比凯恩不愿再接受挑战。

　　于是，尼科尔生气了，他提议不管用什么炮弹射击他的钢板都可以，但仍然遭到主席拒绝，显然，他不愿使自己最近的成就受到影响。

　　看到对方如此固执，尼科尔大发雷霆，他打算让步，引诱巴比凯恩和他比试。他说可以把他的钢板放到距离大炮二百码处，巴比凯恩仍然不肯应战。一百码？七十五码也不干。

"那就五十码吧，"船长通过报纸叫嚷起来，"要不二十五码也行，我就站在钢板后面！"

巴比凯恩让人转告说，即使尼科尔船长就站在钢板前面，他也不再开炮。

听到这个回答，尼科尔再也控制不住自己，于是开始人身攻击。他含沙射影地说，这与胆怯是分不开的，那个拒绝开一炮的人也许是害怕了，总之，这些目前在六英里外战斗的大炮发明家，已小心谨慎地用数学公式代替了个人的胆量。此外，从各种作战技术规则上来说，在钢板后面沉着冷静地等待一枚炮弹攻击的人总和发射炮弹的人一样需要勇气吧。

对这些冷嘲热讽，巴比凯恩毫无反应，也许尼科尔还不知道，因为，当时他正全部身心投入他那宏伟计划的各项计算之中。

当他向大炮俱乐部作了轰动一时的报告后，尼科尔船长气愤极了。强烈的嫉妒心和完全无能为力的情绪交织在一起！如何发明一种比九百英尺的哥伦比亚炮更好的东西？！什么铁甲能顶得住两万磅重的炮弹？！在这"一炮"的轰击下，尼科尔起初是惊呆、沮丧的心碎，随后重新振作起来，决心用他有力的论据来打垮主席的计划。

于是，他猛烈攻击大炮俱乐部的工作，在报上公开发表了许多信件。他试图从科学的角度击败巴比凯恩的事业。论战一旦展开，他就挖空心思寻找各种理由为自己帮腔，不过说真的，他那些理由大部分往往不是似是而非，就是分量不够。

首先，巴比凯恩的那些数字受到猛烈的攻击，尼科尔力图用 a+b 来证实他公式的错误，指责他无视弹道学的基本原则。别的错误暂且不说，根据尼科尔自己的计算，任何一个物体都绝对不可能达到每秒一万二千码的速度。他以代数为依据，认定即使有这么高的速度，这么重的炮弹也绝对不可能穿越地球大气层的边缘！恐怕连三十二公里也飞不到！退一步说，就算能获得这样的速度，这个速度又是足够的，炮弹也经受不了一百六十万磅火药燃烧时膨胀气体的高压，再说即使能够顶住这个压力，也无法忍受如此的高温，炮弹从哥伦比亚炮口射出就会熔化成滚烫的铁汁，像热雨一样降落在不小心的观众头上。

面对这些诽谤攻击之词，巴比凯恩泰然自若，继续埋头干自己的事。

此计不成，尼科尔又从其他方面进行非难。无论从什么观点来说，这次试验都毫无益处，抛开这个不说，他认为它十分危险，既可能伤害那些为这样一个该受到谴责的闹剧捧场的公民，又会给这门不祥的大炮邻近的城市造成损失。他还指出，假如炮弹不能到达目的地，很明显，它绝对不可能成为现实，这样，它就会重新落到地球上来，而如此庞大的一块物体自天而降，而相当于它的速度平方的加速度更增加了它的重量，地球上势必有一些地区要大祸临头。因此，在这样的情况下，即使未损害自己公民的权益，政府的干预也势在必行，总不能因为某个人的一时心血来潮，而拿公众的安全去冒险呀。

我们可以看得出来，尼科尔船长已经夸张到了什么地步。有这种看法的就他一个人，所以谁也没有重视他的不祥的预测。既然他愿意，人们就随他尽情地喊叫，直到喊得声嘶力竭为止。他以一个预先注定要失败的事业的捍卫者自居，人们听他说，可谁也没听进去，俱乐部主席的崇拜者一个也没有被他夺走。而巴比凯恩呢，甚至不肯费神去反驳他的

尼科尔对大炮俱乐部的计划进行了猛烈的攻击

对手。

尼科尔黔驴技穷，又不便亲自出马干预，于是决定求助于金钱了。他在里士满的《调查人报》上公开提议和巴比凯恩打赌，赌注层层加码，下面是他的启事。

他押的赌注是：

1. 大炮俱乐部的实验所需资金筹措不齐，否则愿输一千美元。

2. 长达九百英尺的大炮的浇铸计划难以实现，注定要失败，否则愿输两千美元。

3. 哥伦比亚炮无法装填火药，而且火棉单单在炮弹的压力下就会自动燃烧，否则愿输三千美元。

4. 哥伦比亚炮首次开炮就会爆炸，否则愿输四千美元。

5. 炮弹飞不到六英里远，它在发射几秒钟后会重新坠落下来，否则愿输五千美元。

由此可见，这是一笔很大的数目，船长敢于冒这么大的风险，说明他在顽固不化的道路上走得有多么远！共计不下于一万五千美元。

虽然赌注金额惊人，他在 10 月 19 日还是收到了一封盖了火漆印的信件，措词再简练不过：

接受。

巴比凯恩

巴尔的摩，10 月 18 日

第十一章 佛罗里达和得克萨斯

不过，还有一个问题要解决：需要挑选一个适合实验的地方。遵照剑桥天文台的意见，发射的方向应和地平面垂直，也就是说应对天顶发射，而月球只在位于南北纬零度和二十八度之间的地区，才能爬上天顶，换句话说，它的倾斜度只有二十八度。所以现在的关键问题是在地球上选定一个合适的地点，浇铸庞大的哥伦比亚炮。

10 月 20 日，大炮俱乐部召开全体会员大会，巴比凯恩带来了一幅精美的美国地图。可没等他把地图打开，马斯顿就像往常一样急切地要求发言，他说：

"敬爱的会员们，今天要谈论的问题确实具有全国意义，它将给我们提供一个表现我们伟大的爱国心的良机。"

大炮俱乐部的会员们面面相觑，不知道发言人到底要说什么。

"你们中间，"他接下去说，"没有一个人会在我们国家的荣誉上妥协让步，如果说合众国可以要求一项权利的话，那就是把宏伟的俱乐部大炮放在她自己的怀抱里。然而，从目前的情况来看……"

"好心的马斯顿……"主席说。

"请让我把意见说完，"马斯顿接着往下讲，"在目前情况下，我们不得不挑选一个邻近赤道的地区，这样实验才能在良好的条件下进行……"

"如果你愿意……"巴比凯恩又插话说。

情绪激昂的马斯顿反驳说："我认为我们光荣的炮弹发射地必须属于合众国的领土。"

"毫无疑问！"有几位会员应道。

"好！既然我们的国境还不很辽阔，既然南方有了不可逾越的障碍——大洋，既然我们必须到国外，到一个毗邻的国家去寻找二十八度线，这就是一个正当的'开战理由'，我要求向墨西哥宣战！"

"不！不！"四面八方传来喊声。

"不！"马斯顿反驳说，"在这个圈子里竟能听到这个字眼，真令我感到吃惊！"

"听我说……"

"不！绝不！"莽撞的演说家喊了起来，"既然难免一战，我要求今天就发动战争，"

"马斯顿，"巴比凯恩把铃摇得震天响说，"我取消你的发言权！"

马斯顿还想申辩，但被几位同事劝阻了。

"我同意，"巴比凯恩说，"实验不能够，也不应该在美国以外的地方进行，但是，如果我这位性急的朋友让我说话，如果他看一看这张地图，就会明白完全没必要向我们的邻国宣战了，因为美国的一些边境地区已经伸展到了二十八度线以南了。瞧，得克萨斯州和佛罗里达州的整个南部地区都任凭我们支配。"

会议再没发生意外，马斯顿尽管不无遗憾，终究还是被说服了。于是会议决定哥伦比亚炮将在得克萨斯或者佛罗里达境内进行浇铸。然而，这个决定引起了这两个州各个城市间空前激烈的竞争。

北纬二十八度线登陆美国海岸以后，穿过佛罗里达半岛，把它分为面积几乎相等的两部分。接着，它投入墨西哥湾，形成了包括亚拉巴马州、密西西比州和路易斯安那州的弓形海湾的弓弦。然后，这条线贴近得克萨斯，并切下该州的一个角，接着，穿过墨西哥和索诺拉河，跨越古老的加利福尼亚，最后消失在太平洋中。因而，只有得克萨斯和佛罗里达位于二十八度纬线以内的地区，符合剑桥天文台要求的纬度条件。

佛罗里达州南部没有大城市。到处矗立着一座座防御印第安游牧部落的要塞。只有唯一的叫做坦帕的城市地势适宜，有权自荐。

反之，得克萨斯州城市众多，而且规模较大，在诺埃塞斯县内的科珀斯克里斯提，以及布拉伏河上的众多城市，如威伯县内的拉雷多、科马里特、圣依纳乔、斯塔尔县内的罗马和里奥格朗德城，伊达尔戈县内的爱丁堡，卡墨隆县内的圣丽塔、埃尔潘达、布朗斯维尔，所有这些城市组成了一个庞大的联盟，来抵制佛罗里达州的申请。

果然，决议刚刚作出，两个州的代表们都抄近道赶来巴尔的摩，从这时开始，巴比凯恩主席和较有名望的一些会员就日夜处于这些说客的包围之中了。假如说希腊的七座城市为争夺作为荷马的诞生地的荣誉而争吵不休的话，那么这两个州可说是全民动员，为争一门大炮几乎要动起武来了。

于是，人们看到这些"凶狠的兄弟"携带武器在城市大街上溜达。他们每次碰上就时刻有爆发冲突的危险，其后果就不堪设想了。多亏巴比凯恩主席，他谨慎而巧妙地化解了这场危险。个人的意见也从各州的报纸上反映出来。《纽约先驱报》和《论坛报》支持得克萨斯州，至于《时代周刊》和《美国评论》则站在佛罗里达的代表一边。大炮俱乐部的会员们真不知道该听谁的好了。

得克萨斯像列队似的，把二十六个县全都自豪地摆了出来，佛罗里达则强调说，因为该州比得州小六倍。十二个县比二十六个县更能有所作为。

得克萨斯扬扬得意地吹嘘自己的三十三万人口，但佛罗里达强调说，该州虽只有五万六千人，可是地方小，人口比得克萨斯稠密多了。此外，它还指责说，疟疾是得克萨斯的特产，平均每年要夺去数千人的生命。它倒没说错。

得克萨斯不甘示弱，反驳说在疟疾方面，佛罗里达也捞不到什么稻草，既然该州被慢性黄热病困扰，却指责别人环境不卫生，至少是欠妥吧。这话说得对。

"再说，"得克萨斯人通过他们的喉舌《纽约先驱报》补充说，"人们对得州有失尊重，要知道本州生产的棉花是全国最好的，本州出产造船用的最优良木料——绿橡树，还蕴藏有出矿率达百分之五十的上等煤矿和铁矿。"

对这些话，《美国评论》的回答是，佛州的土地虽然没有那么富饶，却为哥伦比亚炮的制模和浇铸提供了最佳的条件，因为它的土质是由砂子和黏土构成。

"然而，"得克萨斯人又说，"要在一个地方浇铸什么东西，首先必须到这个地方去，可是，佛州的交通不方便，至于得州，加尔维斯顿海湾蜿蜒五十六公里，可以容纳全世界的船队。"

"好嘛！"忠实于佛罗里达人的几家报纸回答说，"你们把过了二十九度线的加尔维斯顿海湾都搬出来炫耀，太妙了！我们不是有埃斯波里图海湾吗！它正好位于二十八度线上，船只可从它直达坦帕城。"

"多妙的海湾呀！"得克萨斯挖苦道，"它有一半已被淤塞了！"

"你们的也泥沙淤积了！"佛罗里达叫喊起来，"该不会把我们说成是未开化的地方吧？"

"我可以肯定，塞米诺游牧民们① 还在你们的草原上奔跑呢！"

"还说呢！你们的阿巴什人② 和科曼什人③ 就都已经开化了！"

论战就这样持续了好几天，于是佛罗里达试图把对手引向另一个战场，《时代周刊》有一天上午暗示说，既然这是一个"地道的美国"事业，那么它也只能在"地道的美国"领土上搞试验！

听到这些话，得州人跳了起来。"美国人！"他们吼道，"难道我们不和你们一样是美国人吗？得克萨斯和佛罗里达两州不都是在 1845 年加入合众国的吗？"

"这个不假，"《时代周刊》反驳说，"可是我们从 1820 年起就属于美国了。"

"这我信，"《论坛报》针锋相对地说，"做了两百年的西班牙或者英国人的奴隶以后，人家以五百万美元的代价把你们卖给了美国！"

"这又有什么关系！"佛罗里达人不以为然地反驳说，"难道我们会为此感到脸红吗？在 1803 年，不是有人花一千六百万美元从拿破仑那

---

① 美国印第安人中的一部分。
② 北美好战的游牧民族。
③ 得克萨斯州北部印第安人的一族。

里买下了路易斯安那吗？"

"这是一个耻辱！"得克萨斯的代表们全喊了起来，"像佛罗里达这样一个小小弹丸之地，竟敢与得克萨斯一比高低！得克萨斯非但没有出卖自己，而且是依靠自己取得了独立，它在1836年3月2日赶走了墨西哥人，山姆·休斯顿在圣哈金托河畔打败了桑塔·安纳①的军队以后，宣布成立联邦共和国！最后，它自愿加入了美利坚合众国！"

"那是因为它害怕墨西哥人！"佛罗里达讽刺挖苦道。

害怕！这个字眼确实太刺耳了！话一旦说出口，局势就难以收拾了。看来巴尔的摩街头双方一场恶斗将一触即发。人们不得不把代表们看管起来。

巴比凯恩主席晕头转向，不知如何是好。照会、文件和粗俗的恐吓信如雪片般飞来。他该怎么表态呢？从土壤适宜，交通便利，运输快捷等方面看，两个州的条件可以说是旗鼓相当。至于政界人士，在这个问题上也很难有所作为。

就这样犹豫不决，拖延了好长时间，巴比凯恩最后下决心打开僵局。他召集会员们开会，提出建议，从下面他的发言中就可以看出，这个办法是十分明智的。

"考虑到最近在佛罗里达和得克萨斯之间发生的事情，"他说，"显然，类似的困难还会在被选中的那个州的各个城市之间发生。只是竞争由州降到城市而已，事情就是这样。目前，得克萨斯具备条件的有十一座城市，它们必将为争夺这个荣誉而争吵不休，给我们制造新的烦恼，

---

① 墨西哥将军，政治家。

代表们被看管起来

而佛罗里达却只有一座城市，我们就选定佛罗里达的坦帕城吧！"

这个决定公布以后，得克萨斯的代表们极为震惊。他们无比愤怒，指名道姓地对俱乐部成员进行辱骂。巴尔的摩的官员没有别的办法，只好采取坚决措施。那就是准备了一个火车专列，不管愿不愿意，把得克萨斯人一律赶上火车，以每小时三十英里的速度离开了这座城市。

尽管他们被很快送走，临走前还是来得及对他们的对手进行最后的挖苦、恐吓。

他们影射说，佛罗里达不过是个弹丸之地，大海里的一个平凡的半岛；他们说它必定经受不住开炮时的震动，炮声一响就会飞上天去。

"好！就是飞上天，我们也心甘情愿！"佛罗里达人的回击斩钉截铁，可以和古人的箴言相媲美。

第十二章 世界各地

天文学、力学、地形学的难题解决以后，下面就是资金的问题了。实施这个项目必须筹集一大笔款子。没有哪一个人，甚至哪一个州能单独拿出他们所需要的数百万巨款。

巴比凯恩主席于是决定，虽然这是美国人的事业，还是把它当成了一个世界性的实验，请求各国人民给予财政援助，参与地球卫星项目是整个地球上的人的权利和义务。为此开展的募捐，从巴尔的摩扩展到世界各地。

募捐活动取得了出人意料的成功，这是纯粹的捐赠，而不是贷款。从严格的词义上说，这是一项无利可图的活动，个人从中得不到任何好处。

巴比凯恩报告所引起的反响并没有局限在美国国境线内，越过了大西洋、太平洋，远达亚洲、欧洲、非洲和大洋洲。合众国的各个天文台立刻和外国的天文台取得联系，有的天文台，如巴黎、彼得堡、开普敦、柏林、阿尔托纳、斯德哥尔摩、华沙、汉堡、马耳他、里斯本、马德拉斯和北京的天文台，均向大炮俱乐部表示祝贺，另外一些天文台保持着审慎的观望态度。

至于格林尼治天文台，在英国另外二十二个天文机构的支持下，表示了断然的态度，公然否认成功的可能性，支持尼科尔船长的论调。因此，在许多科学团体答应要派代表到坦帕来的时候，格林尼治天文台却召开会议，蛮横无理地拒绝巴比凯恩的建议。这完全是出于英国人的嫉妒心理，没有别的解释。

总的看来，它在整个科学界引起了很好的反响，这种反响迅速传给了广大群众，一般群众对这个问题非常热心。这一点非常重要，因为需要群众积极响应号召，捐助一大笔资金。

10月8日，巴比凯恩主席发表了一篇热情洋溢的声明，在声明中他向"地球上一切善良的人们"发出呼吁。它被译成各种语言，取得了巨大的成功。

募捐活动首先在合众国各大城市展开，随后捐款集中到巴尔的摩街九号的巴尔的摩银行，接着又在新旧大陆的各国陆续展开，名单如下：

维也纳，S.-M. 德·罗斯柴尔德银行；

彼得堡，施蒂格列茨公司；

巴黎，动产信贷银行；

斯德哥尔摩，托蒂暨阿弗来德森银行；

伦敦，N.-M. 德·罗斯柴尔德父子银行；

都灵，阿尔杜安公司；

柏林，门德尔松银行；

募捐活动开始了

日内瓦，隆巴尔·奥地埃公司；

君士坦丁堡，奥托曼银行；

布鲁塞尔，S. 朗贝银行；

马德里，达尼埃尔·威思韦尔银行；

阿姆斯特丹，荷兰信贷银行；

罗马，托洛尼亚公司；

里斯本，莱恩纳银行；

哥本哈根，民间银行；

布宜诺斯艾利斯，莫阿银行；

里约热内卢，莫阿银行；

蒙得维利亚，莫阿银行；

瓦尔帕莱索，托马斯·拉尚贝尔公司；

墨西哥城，马尔丹·达朗公司；

利马，托罗斯·拉尚贝尔公司。

巴比凯恩主席声明发表后第三天，合众国各城市已经募集了四百万美元。有这样一笔款项，大炮俱乐部的工作已经可以起步了。

几天后，来自世界各地的电讯表明，国外认捐也十分踊跃。有些国家表现特别慷慨，另外几个国家则没有那么大方。

下面就是募捐截止时，交给大炮俱乐部的正式账单。

俄国交来的份额，是一笔三十六万八千七百三十三卢布的巨款。只有不了解俄罗斯人如何热爱科学并在天文学研究方面取得多大成就的人，才会感到惊奇。他们有许多天文台，最大的天文台价值二百万卢布。

它们对俄罗斯的天文学研究功不可没。

法国起初嘲笑美国人自命不凡，拿月球做借口，搬出成千过时的俏皮话，编了二十来出喜剧，真是低级趣味和愚昧无知同时存在。但是，就像古时法国人唱完之后，照旧付款一样，这次他们笑过之后，也付了钱，捐助了一百二十五万三千九百三十法郎。付了这么一笔钱，他们完全有权利找点儿乐趣。

虽然财政困难，奥地利还是表现得相当大方。这次的公众捐款，它分担了二十一万六千盾，受到大家的欢迎。

五万二千里克斯达尔，这是瑞典和挪威提供的捐助。对这两个国家来说，这笔款数还是相当大的，如果募捐活动同时在斯德哥尔摩和克里斯提安尼亚进行的话，想必数额还会更大。不知出于什么理由，挪威人不喜欢把他们的钱寄往瑞典去。

普鲁士寄来二十五万塔勒，表示了该国对这项事业的高度赞赏。它的各天文台都热情赞助了巨款，是巴比凯恩主席最热情的支持者。

土耳其表现也很大方，但它对这件事情有自己的打算。实际上，它的年历和斋戒日都是根据月球运行而制定的。该国也没少捐，共计一百三十七万二千六百四十皮阿斯特，不过，它捐赠的热情多少说明了土耳其政府施加了一些压力。

在二等国家中，比利时以捐款五十一万三千法郎居于领先地位，人均约十二生丁。

荷兰及其殖民地共捐助十一万盾，表现了对这项活动的关心，仅要求给予他们以百分之五的回扣，因为付的是现金。

丹麦虽是个领土较小的国家，也捐出了九千个足色杜卡托金币①，显示了丹麦人对这次科学远征的热爱。

日耳曼联邦保证提供三万四千二百八十五盾的捐助；我们不能向它提出更多的要求了，而且，它也没有再多给。

尽管经济拮据，意大利还是在它子民的口袋里掏出了二十万里拉，不过这已经把他们的口袋都翻了个底朝天了。如果威尼托地区还属于它的话，也许可以多贡献一些，但终究威尼斯共和国已不复存在了。

教皇国认为它的捐赠不会少于七千零四十罗马埃居，而葡萄牙对科学的忠诚使它捐款达三万克鲁查德。

至于墨西哥，可以说是"寡妇的小钱"，只有八十六枚金皮阿斯特，所有的帝国在刚建立时，经济总是有些拮据的。

二百五十七法郎，这就是瑞士对美国计划的微薄捐助。应该直截了当地说，它没有看到这项试验的有实际意义的一面。它似乎没有看到向月球发射一枚炮弹，实质上就是和月球建立贸易联系，它认为把资金投人这样一项吉凶未卜的计划，未免不够谨慎。话又说回来，也许瑞士是对的。

西班牙呢，最多超不过一百一十里亚尔。借口是本国铁路还没修完。实际上是科学在西班牙并未受到足够的重视。国家还有些落后。加上有些并不是没有学识的西班牙人，把炮弹和月球的体积的比例计算错了。他们担心炮弹会打乱月球的运行轨道，干扰它的卫星作用，导致它落到地球上来。在这种情况下，最好是少开口。他们的实际行动也仅仅是几

---

① 杜卡托，威尼斯古金币名。

个里亚尔而已。

还剩下英国。它对巴比凯恩方案的蔑视和反感是人所共知的。大不列颠帝国的二千五百万居民只有同样的感情。他们暗示说，大炮俱乐部的计划违反了"不干涉原则"，他们连一法寻①也不会出。

听到这条消息，大炮俱乐部的会员们只是耸耸肩膀，就继续投入自己的伟大工作中去了。南美洲，也就是说秘鲁、智利、巴西、拉普拉达河流域各省和哥伦比亚，共送来了三十万美元，在整个捐款的账单中高居榜首。总账如下：

美国捐款：四百万美元

国外捐款：一百四十四万六千六百七十五美元

共　　计：五百四十四万六千六百七十五美元

以上即为公众放在大炮俱乐部银箱里的捐款，总计是五百四十四万六千六百七十五美元。

对这样一大笔款项，谁也不会感到意外。要知道，浇铸、挖掘、砌筑、运送工人，工人在人烟稀少的地区的住处，修窑炉、造房屋，工厂成套设备、火药、炮弹，以及额外开支等各项预算，估计几乎要花掉全部费用。南北战争时期，发射一发炮弹有时要花一千美元，巴比凯恩主席的这枚炮学史上没有先例的巨型炮弹要贵五千倍，也就是顺理成章的了。

---

① 英国旧时值四分之一便士的硬币或币值。

　　10 月 20 日，和纽约附近的艾德斯普林工厂签定了一项合同。这家工厂在战时曾经向帕罗特提供了最好的铸铁炮。

　　双方合同规定，艾德斯普林工厂保证将浇铸哥伦比亚炮所需物资运往佛罗里达南部的坦帕城。全部工程最迟应在明年 10 月 15 日完成，交出质量合格的大炮，否则从该日起，直到月球下一次处于同样条件下为止，也就是说十八年零十一天，每天处以一百美元的罚款。招募工人、工资发放和必要的治理费用，都由艾德斯普林工厂负责。

　　这项查对无讹的合同一式两份，分别由俱乐部主席因·巴比凯恩和艾德斯普林工厂厂长基·莫奇生签字，即日起生效。

第十三章 乱石岗

自从大炮俱乐部会员们违反得克萨斯人的意愿，选定了实验场所以来，在人人识字的美国，每个人都把研究佛罗里达的地理当做自己义不容辞的责任。

拜特朗的《佛罗里达游记》、罗曼的《佛罗里达东西部自然史》、威廉的《佛罗里达版图》、克莱朗的《论佛罗里达东部的甘蔗种植》等在各书店空前畅销，不断再版，真是风行一时。

巴比凯恩要做的事比看书更重要，他打算亲自勘察、选定哥伦比亚炮的场地。因此，他分秒必争，迅速把建造望远镜的资金拨给剑桥天文台，和奥尔巴尼的布里杜威尔公司签定了一项制造铝弹的合同，然后，他在马斯顿、艾尔菲斯顿少校和艾德斯普林工厂厂长的陪同下，离开了巴尔的摩。

第二天，他们一行抵达新奥尔良。在那儿，随即登上了政府调拨给他们使用的联邦海军部的通信舰"坦比科"号，开船后不一会儿，路易斯安那州的海岸线就在他们的视线中消失了。

这条航线并不长，出发后两天，"坦比科"号经过四百八十海里的航行，看到了佛罗里达的海岸线。在驶近海岸时，巴比凯恩看到的是一片低洼平坦的土地，看起来相当贫瘠。沿着盛产牡蛎和鳌虾的一连串小海湾航行之后，"坦比科"号进入了圣埃斯皮里图海湾。

这个海湾分为两块狭长的港湾，坦帕港湾和希利斯波洛港湾，轮船很快地穿越了两个港湾中间的地岬。不一会儿，布鲁克炮台平坦的炮台轮廓在水面上显露出来，接着远处出现了坦帕城，它漫不经心地躺在希利斯波洛河河口形成的天然小港的深处。

"坦比科"号就在这儿抛锚，时间是 10 月 22 日晚上七点；四位乘客立即下船走了。

巴比凯恩一踏上佛罗里达的土地，就感到自己心跳加快。他用脚探测土地，如同一个建筑师在检验房屋的地基是否坚固一样。马斯顿用假手的铁钩子扒着泥土。

"先生们，"巴比凯恩说，"我们要抓紧时间，明天我们就骑马去周围察看一下。"

巴比凯恩上岸时，坦帕城的三千市民都出来迎接，如此盛情，自然是出于对俱乐部主席有幸选中本城的感激之情。他们夹道相迎，欢声雷动，巴比凯恩避之唯恐不及，迅速地躲进富兰克林饭店的客房里，拒绝会客。看来，他肯定不会养成抛头露面的习惯。

第二天，10 月 23 日清晨，一群健壮的西班牙矮种马在巴比凯恩窗下踢蹬着。但不是四匹，而是五十匹，以及几十位骑手。巴比凯恩在三位同伴的陪同下，走出饭店大门，看到这样壮观的一支马队，感到十分惊奇。而且，他发现每个骑士肩上都斜挂着马枪，马鞍两旁的枪套中还插着手枪。一个佛罗里达年轻人马上向他解释了如此全副武装的理由，

纽约附近的艾德斯普林工厂

De la Terre à la Lune

他说：

"先生，这里有塞米诺人。"

"他们是什么人？"

"在草原上奔驰的野人，我们觉得还是要谨慎从事，武装护送为好。"

"哼！"马斯顿不以为然地跨上马。

"不管怎么说，"那位年轻人又开了口，"这样安全一些。"

"先生们，"巴比凯恩说，"谢谢你们的关心，现在走吧！"

这支小马队随即出发，消失在一阵尘土之中。这时是早晨五点钟，已是阳光灿烂，温度计指着华氏八十四度，但吹来阵阵清新的海风，减轻了酷热的威力。

离开坦帕城后，巴比凯恩沿海岸线往南奔驰，目的地是阿里菲亚小河，它流入坦帕下方十二英里处的希利斯波洛海湾。巴比凯恩一行沿着小河右岸，往东溯流而上。不一会儿，海湾的水波就被一小片土岗挡住了视线，呈现在眼前的是一片佛罗里达的田野。

佛罗里达分为两部分：北部人烟较密，不那么荒凉，首府是塔拉哈西，另外有一个彭萨科拉市，是美国主要的海军军火库之一，南部是介于大西洋和墨西哥湾之间的一个狭长半岛，海水环绕，受墨西哥湾暖流侵蚀，岬头消失在一片群岛之中，巴哈马海峡的大批船只川流不息地穿梭通过。它是"风暴湾"的前哨。这个州面积为三千八百零三万三千二百六十七英亩，必须在其中挑选一个位于二十八度线以内的、适于发射的地点，因此巴比凯恩在马上仔细观察地形和它的特殊布局。

胡安·彭赛·台·莱昂于1512年复活节前的星期日发现了佛罗里达，

动工前的坦帕城

原名"鲜花盛开的佛罗里达"。它那干旱而烤焦的海岸线与这个美丽的名字很不相称。可是，当你深入腹地几英里之后，自然面貌就逐渐改观，显得与这个名字很相配了。这里的湖泊河流纵横交错，使人仿佛到了荷兰或者圭亚那。但乡村地势明显越来越高，不久，大片耕地展现在眼前，那里生长着南方和北方的各种植物。这片辽阔的田野日照时间长，为各类作物的茁壮生长提供了最有利的条件。最后，还有一望无际的草原，菠萝、薯类、烟草、稻子、棉花和甘蔗应有尽有，毫无保留地展示着自己的财富。

看到地势逐渐升高，巴比凯恩似乎十分满意，当马斯顿问到这个问题时，他就回答说：

"尊敬的朋友，我们头等关注的事，就是要在一片高地上浇铸我们的哥伦比亚炮。"

"是为了更接近月球吗？"俱乐部秘书大声问。

"不！"巴比凯恩微笑着回答。"近几托瓦兹，远几托瓦兹，其实这有多大关系呢？不过，在高地上，我们的工程进展要顺利得多，我们不会遇到水的干扰，就可不必花很多钱去安装长管子了，特别是我们要挖一口九百英尺的深井，这问题不可能不考虑到。"

"你说得对，"莫奇生工程师说，"在挖井时应尽可能地避开水源，可是，万一遇上泉水，自然这没有什么了不起，我们用机器把它们抽干，或者让它们改道。这儿打的不是那种狭窄阴暗的井，打那种井，螺丝锥、套筒、钻头，总之，一切钻井工具，全跟瞎子摸鱼一样干活。我们是在露天里，在大白天挖掘，手持鹤嘴锄或者丁字镐，还有炸药帮忙，我们会干得很出色的。"

"可是,"巴比凯恩接着说,"如果地势高或者土质好,使我们能够避开地下水的干扰,我们的工程就会进展更快、更好,所以,我们要想办法找一块海拔几百托瓦兹的地方施工。"

"你说得对,巴比凯恩先生,假如我没弄错的话,我们很快就会找到一块合适的场地。"

"啊!我真想挖下第一镐。"主席说。

"我挖最后一镐!"马斯顿喊道。

"我们肯定会成功的,先生们,"工程师说,"请相信我,艾德斯普林工厂是不会向你们交延期罚款的。"

"你说得不错!"马斯顿紧接着说,"每天要罚一百美元,一直到月球又处于同样条件下的时间,也就是说十八年零十一天,你知道吗?罚款将高达六十五万八千一百美元。"

"不,先生,我们不知道,"工程师答道,"我们也不需要知道。"

上午十点左右,这一小队人马已跑了十二英里路,肥沃的田野过去就是森林区。这儿生长着热带地区的各类树种。这些几乎无人穿行的森林里有石榴树、橘树、柠檬树、无花果树、油橄榄树、杏树、香蕉树、大葡萄枝蔓,真是果实累累,花香扑鼻。在这些美妙树丛形成的树荫里,香气袭人,莺歌燕舞,五颜六色的飞鸟中特别引人注目的是食蟹鹭,它们的巢穴好比首饰盒,映衬着这些珍贵的鸟儿。

面对如此富有诗意的大自然,马斯顿和少校不由自主地被迷住了。可是,巴比凯恩主席不为所动,快马加鞭地往前走,如此肥沃的土地反而使他不高兴,他并不是寻找地下水的专家,却好像感到脚底下总有水源,而他千方百计想找到实实在在的干燥地貌,结果是白费劲。

大家一直在往前走，前面要蹚过几条小河，这不能说没有一点儿危险，因为河中常有凯门鳄出没，它们身长从十五英尺到十八英尺不等。马斯顿胆子大，用令人生畏的铁钩恐吓它们，但只是惊走了鹈鹕、野鸭、蒙鸟等岸边的野禽。至于大红鹤，只是傻头傻脑地瞅着他，一动不动。

到了后来，这些沼泽地的主人也看不见了，小树稀松地立在树林里，在一望无际的平原上，一群群受惊的黄鹿急驰而过，顷刻间逃得无影无踪，最后，几棵孤零零的大树突然在平原中出现了。

"终于找到了！"巴比凯恩在马镫上站起来喊道，"现在到了松林地带了！"

"也是野人地带。"少校补充说。

果然，前面地平线上出现了几个塞米诺人，他们气势汹汹地骑着快马跑来跑去，有的挥舞着长矛，有的用他们的老式步枪胡乱地射击，好在他们的行动仅仅限于示威，没有给巴比凯恩和他的同伴带来什么麻烦。

他们现在来到了一片乱石林立的石岗中央，这是一块沐浴在灼人的阳光下、面积达数英亩的开阔地。它地势隆起，面积广阔，可以给大炮俱乐部成员提供铸造哥伦比亚大炮所要求的各项条件。

"停下！"巴比凯恩勒住马说，"这个地方在当地有名称吗？"

"叫乱石岗。"一个佛罗里达人回答。

巴比凯恩二话没说就下了马，拿出仪器开始十分精确地测定位置，其他人在他四周围成一圈，一声不吭地瞅着他。

这时候，太阳正好经过子午线。不一会儿，巴比凯恩测量的结果就出来了，他说：

大家一直往前走

"这里北纬二十七度七分，西经五度七分，海拔三百托瓦兹。我觉得，这里土质干燥，岩石很多，给我们提供了进行实验的一切有利条件。我们将要在这片高地上建造我们的仓库、工场、熔炉和工人住的窝棚。"他用脚跺着乱石岗的高处说，"我们的炮弹将从这里飞向太阳系空间！"

第十四章 丁字镐和抹子

当天晚上，巴比凯恩一行回到了坦帕城，莫奇生工程师乘"坦比科"号返回新奥尔良去了。他要去那里招募一大批工人和运来大部分设备。三位俱乐部成员留在坦帕城，在当地人帮助下，组织初期工程。

八天以后，"坦比科"号领着一小队汽船返回埃斯皮里图海湾。莫奇生招来了一千五百名工人。在悲惨的奴隶制年代，他也许会枉费力气。可是自从美国成为自由的土地之后，国内就只有自由人了，哪里报酬高，他们就蜂拥而来。何况，大炮俱乐部并不缺钱，它答应发给高工资，还加上按比例发给的相当可观的津贴。被招募到佛罗里达来的工人，在工程完工以后，肯定能在巴尔的摩银行个人账户上得到一笔相当可观的存款。因此，莫奇生只有人多难以选择的麻烦，他完全可以对应募工人的才智和技巧坚持高标准要求。可以相信，他招募的这支大军，都是出类拔萃的机械工、司机、铸工、石灰锻工、矿工、制砖工和各行各业的工人。肤色不限，有黑人，也有白人。其中许多人是举家迁来，真是不折不扣的大移民。

10 月 31 日上午十点，这支大军在坦帕城码头上了岸，小城在一天之内就增加了一倍人口，那种热闹和拥挤的盛况自然可想而知了。确实，俱乐部的创举使坦帕城赚了一大笔钱，不过，不是从这些工人身上赚的，因为他们直接就去了乱石岗，而是从世界各地陆续会聚到佛罗里达半岛来的大批看热闹的人身上赚来的。

开始几天，人们忙于装卸船队运来的机器设备、食品，以及数目相当多的可以拆卸、编上号码的"活动房屋"。与此同时，巴比凯恩插上了第一批测量标志，着手修筑乱石岗到坦帕城的一条长十五英里的铁路。

人们知道美国的铁路是在什么样的条件下修筑的，弯路变化莫测，坡度陡峭异常，轻视栏杆和技术保护措施，爬高坡，下深谷，闭着眼睛往前闯，还不喜欢走直路；修路成本不高，管理起来方便；就是火车经常出轨，自由自在，活蹦乱跳。坦帕通乱石岗的铁路只不过是小菜一碟，花不了多少时间和金钱就修通了。

巴比凯恩不愧是响应他的号召赶来的这支大军的灵魂，他把他的呼吸，他的热情，他的信心都传给了大家，使坦帕城变得生机勃勃；他好像有分身术，工地到处都有他的足迹，身后总是跟着"嗡嗡叫的苍蝇"马斯顿。他的实践精神使他能搞出上千个发明来。在他面前没有障碍，没有困难，从来没有为难的事儿；他是矿工、泥瓦工、机械师，正像他是大炮发明家一样。他回答所有的要求，解决所有的问题。他主动和大炮俱乐部和艾德斯普林工厂保持联系，"坦比科"号日夜生火，维持气压，在希利斯波洛停泊场时刻待命。

11月1日，巴比凯恩带一批工人离开坦帕城，第二天，在乱石岗周围就出现了一座"活动房屋"城，用栅栏把房屋围起来。凭它的热闹和活力，看来，人们很快就会把它看成合众国的大城市中间的一个了。

城市生活井井有条，工程开展十分顺利。

经过认真的勘测，掌握了土质状况，挖掘工作得以从 11 月 4 日开始。这天，巴比凯恩召集车间主任开会说：

"朋友们，你们都很清楚，为什么我要把你们召集到佛罗里达这个偏僻的地方来。我们的目标是造一门内径九英尺，炮壁六英尺的大炮，外包一层十九点五英尺的石头护壁。为此就要掘一口宽六十英尺、深九百英尺的井。这项巨大的工程必须在八个月内完成；即你们要在二百五十五天中挖土二百五十四万三千四百立方尺，取个整数，就是平均每天一万立方尺。一千个工人，如能完全自由操作，自然没有丝毫困难，但在一个比较有限的地方，就艰巨多了。但既然工作需要，我们就一定要做好，我相信你们的勇气，正如相信你们的熟练技术一样。"

上午八点，丁字镐在佛罗里达的土地上掘了第一下，从这时起，矿工们手中这件勇敢的工具就时刻不停地挥舞起来了。工人们分成四班轮流休息。

再者，无论工程多么浩大，总不会超出人力的限度。历史上有多少比它更艰巨，而且需要直接和自然界搏斗的工程不是都圆满完成了吗！我们只举一些类似的工程为例，如苏丹萨拉丹在开罗附近挖掘的"约瑟夫神甫"井，虽然当时能使人力作用增加百倍的机器尚未问世，它却达到了尼罗河水面以下三百英尺。另外，还有让·特·巴德总督在科布伦茨开凿的一口井，足有六百英尺深！那么，一句话，现在问题到底是什么呢？不过是把"约瑟夫神甫"井加深到三倍，宽度扩大到十倍而已，井宽了，挖掘起来就更加容易了！因此，没有一个工头，没有一个工人对工程的成功抱有怀疑。

莫奇生工程师在巴比凯恩主席的同意下作出了一项重大决定，使工程进度又加快了一步。他把合同上规定哥伦比亚大炮必须用经过热处理的锻铁箍起来这一条取消了。它是一项没有多大实际意义的、过于谨慎的措施，显然，大炮是用不着这些铁箍的。所以他们就把这一条去掉了。

这样，就节省了大量的时间，因为人们采用这个新的掘井工序，可以一面掘，一面砌井壁。由于采用了这个简单的工序，不再需要用横向支撑的办法来支撑井壁了，井壁本身的重量就可紧紧地撑住泥土，并能自己慢慢地下降。

这种操作法只是在丁字镐挖到硬土层时才开始进行。

11月4日，五十名工人在围栅中心，即乱石岗的山顶挖了一个直径六十英尺宽的圆洞。

丁字镐首先遇到的是一层六英寸厚的黑色松软沃土，挖起来很容易。接下来是一层两英尺厚的细沙，它们被小心地回收起来，因为以后可用来制作内部的模具。

沙层下面是结构相当紧密的白色黏土，好像英国的泥灰岩，层层叠起有四英尺厚。

接下来镐尖碰到了坚硬的地层，是由贝壳化石组成的岩石层，干燥、坚硬，这里就更离不开工具了。挖到这里，洞深已达六点五英尺，砌筑井壁的工作于是就开始了。

他们在洞底造了一个橡木的"车轮"，像一个螺栓固定的圆盘，结实非凡，中间留了一个相当于哥伦比亚大炮外径的圆洞。护壁的基石就建筑在这个"车轮"上，水泥把石头结实地粘在一起。中心的圆形护壁砌好后，工人发现自己待在一口直径二十一英尺的井中。

井壁砌好以后，矿工又拿起鹤嘴锄和丁字镐，开始挖"车轮"下面的岩石，随时用结实无比的支架撑起来。每次掘到两英尺深，就陆续把支架抽出来，这时，"车轮"和上面的圆形建筑，也就慢慢地下降，在这个圆形建筑的上面，泥工们不断地往上筑砌井壁，同时留下"冒口"，作为浇铸时的出气孔。

这项工作要求工人技术高超，时刻小心。在"车轮"下面挖掘时，不止一个人被爆裂的石头打伤，甚至因此死亡。尽管如此，那股热火朝天的劲儿一分钟也没有下降过，夜以继日地进行。几个月以后，白天烈日高照，这片灼人的开阔地上气温高达华氏九十九度；夜晚的白炽灯灯光下，工具的开凿声、炸药的爆炸声、机器的轰鸣声，以及空中的滚滚浓烟，在乱石岗周围恍若划出了一个恐怖圈，野牛群和成群结队的塞米诺人再也不敢靠近了。

工程井然有序地进行，起重机加快了挖掘进度。没有出现意外的障碍，预料中的困难，都被一个个顺利地克服了。

一个月过去了，井已经按预定计划挖了一百一十二英尺深。到十二月，井的深度增加了一倍。一月份又增加了一倍。二月间，工人开始和地壳里渗出的地下水斗争。必须使用大功率抽水机和空气压缩机抽干地下水，然后用混凝土堵死泉眼，好像在船上堵漏水的窟窿一样。倒霉的地下水终于被战胜了。但由于泥土的松动，"车轮"损坏了一部分，护壁也塌了一个角，可想而知，高达七十五托瓦兹的圆形护壁的压力是多么可怕啊！好几位工人在这次事故中丧生。

工人花了三个星期的时间才把"车轮"支撑起来，补好了墙脚，使"车轮"结实如初。多亏工程师很机智，使用的机器功率大，圆形护壁尽管一时受损，但很快恢复了正常，掘井工作得以继续进行。

从这时起，任何意外事件都没有再妨碍工程的进度了。6月10日，在巴比凯恩规定期限的二十天前，这口井已达到了九百英尺的深度，井壁也砌好了。井壁下面是三十英尺厚的基础，顶端正好和地面相齐。

巴比凯恩和大炮俱乐部的会员们向莫奇生工程师表示热烈祝贺，他以惊人的速度完成了这项宏伟的工程。

在这八个月中，巴比凯恩一刻也没有离开过乱石岗。他一方面密切注意着掘井工作，一方面对工人的福利和健康也关怀备至。热带地区人口聚居点经常流行可怕的传染病，在工地上却没有发生，这是十分幸运的。

在这项危险的施工过程中，由于一时疏忽，确实有不少工人付出了生命，但这些不幸事件也很难完全避免，美国人对这些"小事"并不十分在意。他们一般对整个人类的关心胜过对个人的关心。巴比凯恩却奉行与此相反的原则，并时时处处贯彻实施。多亏了他的关怀、他的机智，遇到紧急情况时他的有效干预和措施的精明得力，平均工伤死亡人数才没有超过那些海外以安全措施著称的国家，例如法国，大约每一项二十万法郎的工程就有一起工伤事故。

工程井然有序地进行

第十五章 铸炮的节日

在掘井的八个月里，铸炮的准备工作也同时在火速地进行。一位来到乱石岗的外乡人，一定会为眼前的景象惊叹不已。

在离井口六百码处，一千二百座反射炉环绕着这个中心矗立着。每座炉子有六英尺粗，彼此相隔半托瓦兹。它们连接起来足有二英里长。所有的炉子都是一个模式，安有一个四角形的烟囱，蔚为壮观。马斯顿对这种建筑布局格外赞赏，它使他联想起华盛顿的宏伟建筑物。在他看来，世界上没有比它更好看的建筑物了，即使在希腊，"那里也从未有过如此宏伟的建筑。"他说。

我们都还记得，执委会第三次会议已经决定用铸铁来铸造哥伦比亚炮。这种金属的确韧性高、延展性强，质地柔软，易于加工，适于翻砂，而且经过炭处理之后，质地优良，最适于铸造像大炮、蒸汽机汽缸、水压机等抗力强的机械。

但是，只经过一次熔炼的铸铁很难达到标准，必须通过第二次熔解，除去最后的杂质，才能提炼干净。

这样，铁矿石在运到坦帕城之前，都先在艾德斯普林的高炉里用炭和硅在高温下冶炼，进行炭化后成为铸铁，经过第一次提炼后，才运到乱石岗来。这可是一亿三千六百万磅的铸铁呀，如果通过铁路运输，花费太大，运输费会使原料价格增加一倍。看来，只有在纽约租船把铁锭运往坦帕比较划算，这样至少也需要六十八条载重为一千吨的轮船。5月3日，一支名副其实的船队从纽约航道启运，取道大西洋，沿着美国海岸南下，驶进巴哈马海峡，绕过佛罗里达地角，再北上埃斯皮里图海湾，在同月十日平安抵达坦帕港抛锚。

货物卸下船以后就装上火车，运到乱石岗来，直到第二年元月中旬，庞大的物质才全部运到目的地。

人们不难理解，要同时熔化这六万吨铸铁，一千二百座高炉并不算多。每座炉子可以容纳近十一万四千磅金属；人们是按照浇铸罗德曼大炮的熔铁炉的模式制造的，它的形状呈梯形，拱顶是椭圆形的。炉膛和烟囱各位于炉子的两端，以便整个炉子均匀加热。炉子用耐火砖砌成，只有一个用于烧煤的格子和搁放铁锭的炉床；炉床倾斜二十五度角，使得金属熔化后能直接流入承受器里，铸炮时，一千二百股金属熔液就从这里通过槽沟同时流入中央的井中。

掘井和砌体工程结束后的第二天，巴比凯恩马上指挥工人建造砂模；要在井中心竖起一个九英尺粗、九百英尺长的圆柱体，恰好填满了留给哥伦比亚炮内腔的空间。这个圆柱体由黏土和沙子混合而成，再掺上干草和麦秸。在砂模和砌体之间，将灌满金属溶液，它将形成六英尺厚的炮筒。

为了保持平衡，砂模得用铁骨框架加固，并每隔一段距离用楔入井壁的横档支撑着。炮筒铸好后，这些铁架和铁汁熔为一体，也就毫无妨碍了。

浇铸

这项工程是 7 月 8 日竣工的，于是决定第二天开始铸炮。

"铸炮的节日将是一个盛大的庆典！"马斯顿对他的朋友巴比凯恩说。

"那还用说，"巴比凯恩回答，"但这不是一个公共的节日！"

"怎么？您不打算对所有的参观者打开围栅的大门吗？"

"我还要好好守住大门，马斯顿，浇铸哥伦比亚炮至少是一项相当棘手的工作，如果不是危险的工作的话。我宁愿关起门来操作。如果人们想庆祝，可以到发射炮弹的时候，但眼下不行。"

主席说得在理。操作过程中可能会出现意料不到的危险，如果有大批参观者在场，会碍手碍脚，影响应付紧急情况。必须保持操作的广泛空间，除了专程来坦帕参观的俱乐部会员代表团以外，任何闲人不得进入现场。在这个代表团里，有精神抖擞的比尔斯比、汤姆·亨特、布洛姆斯贝瑞上校、艾尔菲斯顿少校、摩根将军，以及所有把铸造哥伦比亚炮当成他们自己的事情的人。马斯顿充当他们的向导；他让他们看每一个细节，带他们到处参观仓库、车间、机器设备，硬要他们把一千二百座熔炉一个一个看遍。等到看第一千二百座炉子时，他们实在有点儿受不了啦！

浇铸的时间是中午十二点整。前一天，每一座熔铁炉都装上了十一万四千磅铁锭，它们是交叉堆放的，以便热气自由通行。从早上起，一千二百个烟囱向天空喷射着熊熊的火焰，大地也在轻轻地颤抖。要熔化多少金属，就要燃烧多少煤呀！因此，六万八千吨煤在太阳下喷出黑幕般的浓烟。

炉火呼呼作响，好似雷声隆隆，炉群周围立刻变得热气炙人。强大的鼓风机不断地吹着，给这些炙热的炉床送进充足的氧气。

操作的成功取决于迅速果断的指挥。只要信号炮一响，每座炉口就要放出铁水，全部排空。

一切安排停当，工头和工人们都焦急地等着决定性时刻的到来，大家都略微感到有点儿激动不安。围墙内已经空无一人，工头们都在自己的出槽口边各就各位。

巴比凯恩和同事们在邻近的一块高地上进行观察。他们面前摆着一门大炮，等着工程师的信号开炮。

正午前几分钟，最初的小滴铁水已经开始溢出了。铁水逐渐装满了承受器，当铁锭完全熔化后，人们还稍微等待了一会儿，以便使杂质分离出来。

十二点了。突然一声炮响，一道浅黄褐色的火光升上了天空。一千二百个熔槽一起开放，一千二百条火蛇同时爬向中央井口，展现着它们白炽的光环。火蛇互相撞击着，发出可怕的爆裂声，从井口直泻而下，直至九百英尺的井底。这真是一个惊心动魄、雄伟壮观的场面。铁浪把滚滚的浓烟抛向空中，砂模里的潮气同时化成了难以透过的蒸汽，从石头砌面的冒口喷了出来。这股人造烟云翻腾飞滚，升上天顶，直至五百托瓦兹的高空。这时，大地颤抖了。某个在天边游荡的野人，还以为在佛罗里达地下又形成了一个新的火山口呢。然而这既不是火山喷发，也不是龙卷风和狂风暴雨，不是自然力的搏斗，也不是大自然产生的骇人现象！都不是！所有这一切，火红色的蒸汽，如同火山爆发似的熊熊火焰，好似地震般的地动山摇的颤抖，宛如暴风骤雨般的轰鸣，全是人类一手创造出来的，是人类的巨掌把铁汁像尼亚加拉大瀑布一样倾泻进深渊之中啊！

第十六章 哥伦比亚大炮

铸炮工程是否已经成功？人们只能进行一些简单的推测。既然模子已把炉内的铁水全部吸收，一切迹象表明胜利在望。不管怎样，在直接证实之前，还需要相当长的时间。

罗德曼少校铸造他的十六万磅大炮时，进行冷却花了十五天之久。那么，目前这门笼罩着滚滚浓烟、热得使人无法靠近的庞大的哥伦比亚炮，要等待多久才能在它的仰慕者面前亮相呢？真是难以估计。

在这段时间中，大炮俱乐部的会员们的耐心经受了严酷的考验。但大家都对此无可奈何。马斯顿过于热心，差点儿被烤焦。灌好铁汁半个月之后，井口上空还耸起一个高大的烟柱，乱石岗周围二百步以内的地方还炙热烫脚。

时间一天天流逝，一个又一个星期过去了。没有办法使巨大的炮筒冷却，人们仍不能靠近它。还需要等待，大炮俱乐部的成员们个个心急如焚。

"今天已经是 8 月 10 号了，"有一天早晨马斯顿说，"离 12 月 1 号只有四个月了！清除砂模，锁炮筒口径，装填火药，这些都等着我们去做呢！我们会来不及了！甚至都不能靠近大炮一步！是不是它永远不会冷却了！真叫人心烦意乱！"

　　大家试图规劝性急的秘书安静下来，但做不到。巴比凯恩什么也不说，可他的沉默中掩盖着愠怒。眼睁睁看着自己被一个只有时间才能战胜的障碍卡住——时间是当前的大敌，任凭敌人摆布。对这些战士来说，真是度日如年啊！

　　不过，每天的观察还是使人看到了土地情况有了一些变化。到 8 月 15 日前后，喷发烟气的强度和浓度均已大大降低了。又过了几天，地面上只散发出一阵薄薄的蒸汽，这是深埋在石头棺材里的怪物呼出的最后一口气。渐渐地，大地的颤抖减轻了，热力范围也日益缩小。急不可耐的观察者们开始向井靠近，第一天可以前进两托瓦兹，第二天前进四托瓦兹，到了 8 月 22 日，巴比凯恩、他的同事以及工程师已经可以站在与乱石岗山顶相齐的浇铸层上面了，当然，这是一块非常干净的地方，脚板踩上去还有点儿热乎乎的。

　　"终于盼到了这一天！"大炮俱乐部主席满意地舒了一口气，大声说。

　　工程当天就继续进行，他们马上去掉砂模，清除炮膛，鹤嘴锄、丁字镐和螺旋钻等工具都一刻不停地挥舞着。受过热的作用，黏土和砂子格外坚硬。但是在机器的帮助下，他们把紧贴炮壁还在发烫的这些杂物清除掉了。清除出来的东西，很快装在车厢里，由蒸汽机车拖走了。工人们干劲十足，工作效率很高，巴比凯恩指挥及时，加上他用美元来刺激众人，所以到了 9 月 3 日，砂模的痕迹一点儿也看不见了。

　　紧接着开始镗炮的工作，机器很快就装好了，大功率的铣刀开始转动，磨去炮膛表面的凹凸不平。几周以后，这门巨大管子的内壁已变成了标准的圆柱形，炮膛也给磨得光滑无比了。

到了 9 月 22 日，即巴比凯恩作报告后还不到一年，这门巨型大炮被精密地旋好口径，灵巧地、垂直地耸立起来，作好了发射前的准备。现在就等月球了，但是，我们可以肯定，它一定不会失约的。

马斯顿笑逐颜开，在凝神注视深达九百英尺的管子时，差点儿掉了下去。要不是布洛姆斯贝瑞上校有幸保留下来的右手抓住他的话，大炮俱乐部秘书恐怕早就葬身哥伦比亚炮底了。

大炮已经竣工了，它的正常运转已不成问题。因此，10 月 6 日，尼科尔船长不得不承认自己输掉了这笔赌注，于是往巴比凯恩的户头汇了两千美元。可以想象得出，尼科尔船长一定是气急败坏，十分恼火。但他还有三千、四千、五千美元的三笔赌注，只要他能赢得其中两笔，尽管不是大获全胜，至少也算过得去吧。船长对输掉一点儿钱倒并不大在意，但他的对手成功铸成的大炮，使他的哪怕是十托瓦兹厚的钢板也无法抗拒，却给了他致命的打击。

从 9 月 23 日开始，乱石岗的围栅就向公众敞开，参观者摩肩接踵，盛况空前，这完全在预料之中。

的确，大批看热闹的人都从美国各地云集到佛罗里达。在大炮俱乐部工程进行的这一年当中，坦帕城得到了突飞猛进的发展，市民已增加到十五万人。把勃洛克要塞并入市区的街道网之后，它现在的范围已经伸展到把埃斯皮里图湾两个停泊场分开的一片狭长地带上来了。在不久以前还是一片荒滩的地方，新建的市区、新辟的广场和林立的房屋，迎着美国灿烂的阳光，如同雨后春笋一样涌现出来。人们开办了各种公司，建教堂，办学校，盖居民住宅，不到一年工夫，城市面积就扩大了十倍。

我们知道，美国人是天生的商人。无论命运把他们送到哪儿，从寒带到热带，只要他们经商的才能得到有效的发挥就行。因此，起初出于好奇来佛罗里达参观俱乐部工程的人，一旦在坦帕城安顿下来，就做起生意来了。运输物资和工人的租船给港口带来了空前的繁荣。不久，各种不同式样和吨位的船只，满载食品、生活物资和商品，往来穿梭于海湾和两个停泊场。船舶公司和经纪人的办公室比比皆是，《航运报》每天都有新开到坦帕港船舶的报道。

在城市周围，公路大量增建的同时，考虑到本市人口和商业的飞速发展，坦帕终于修筑了一条通往合众国南部各州的铁路。铁路从莫比尔通往南部的大型海运兵工厂城市彭萨科拉，然后再从这个交通枢纽通向塔拉哈西。那里原来已有一段二十一英里长的铁路，与海边的圣马克相连。就是这段铁路被延长到坦帕，它把沿途的佛罗里达中部一些停滞和沉睡的地区唤醒，赋予它们勃勃生机。多亏一位人物脑中萌发的好主意，导致了这项工业奇迹的出现，这样，坦帕才理所当然地摆出了一座大城市的架势。人们给它冠以"月亮城"的外号，世界各地均可看出，佛罗里达的首府已经相形见绌、黯然失色了。

现在人们才明白，为什么得克萨斯与佛罗里达之间的竞争如此激烈，为什么得克萨斯人的申请被大炮俱乐部驳回后，他们是那么大发雷霆。得克萨斯人以非凡的洞察力早就看出，巴比凯恩的实验将会给本州带来多大好处，真是大炮一响，黄金万两啊！得克萨斯等于失去了一个巨大的贸易中心，没有修筑新的铁路，没有迅速增加人口。这些好处全落在了可怜的佛罗里达半岛——它好似一条扔在海湾和大西洋波涛中的

铸炮完工后的坦帕城

防波堤——上去了。因此，巴比凯恩和桑塔阿纳将军 ① 一样，受到了得克萨斯人的憎恨。

坦帕城的新居民尽管沉迷在商贸和工业狂里，却绝对不会忘记大炮俱乐部引人注目的工程。相反，工程进展的微不足道的细节、丁字镐的一举一动，都让他们牵肠挂肚。他们不断往返于城里和乱石岗之间，宛若一长列从事宗教仪式的队伍，不，更确切地说是去朝圣。

可以预料，到了正式实验的那一天，观光者的人数将会数以百万计，因为他们已经从世界的四面八方聚集到这块狭窄的半岛上来了。整个欧洲似乎移民到了美洲。

老实说，到目前为止，众多参观者的好奇心只是部分地得到满足。许多人想看铸炮的过程，却只远远看到浓烟滚滚，这对他们渴望的目光来说，实在太不够意思了，但是巴比凯恩禁止任何外人参观，为此招来不少非议、不满和牢骚；他们责备他独断专行，说他的所作所为"不像美国方式"，在乱石岗栅栏周围几乎发生骚动。至于巴比凯恩呢，众所周知，他一旦决定，绝不动摇。

但是，当哥伦比亚炮完全铸好以后，再大门紧闭就行不通了；再说，这也太不知趣了，如果为此而招致公众的不满，那就更糟糕了。于是，巴比凯恩大开栅门，欢迎每一个参观的人；不过讲究实际的他，决定从群众的好奇心那里补充点儿经费。

能够仔细参观这门庞大的哥伦比亚炮已是很不错的了，但是能够下到大炮的底部去看看，这对美国人来说，似乎是世间至高无上的幸福，

---

① 墨西哥政界人士。

因此，每一个好奇者均以能到这个金属"深渊"里一睹为快。在蒸汽绞盘车上悬挂几只吊篮，就可以满足参观者的好奇心。这样一来，更是人如潮涌。无论是男女老幼，都争先恐后地把到炮筒底层探寻巨炮的奥秘当做自己的责任。下去参观的价格定为每人五美元，尽管票价很高，但在实验前的两个月里，游客始终人山人海、川流不息，大炮俱乐部因此获得了五十万美元的收入。

不用说，第一批下去参观的自然是俱乐部的成员们，对这个享誉海外的团体来讲，这个优惠是天经地义的。典礼于 9 月 25 日举行。乘贵宾吊篮的有：巴比凯恩主席、马斯顿、艾尔菲斯顿少校、摩根将军、布洛姆斯贝瑞上校、莫奇生工程师和这个著名俱乐部的其他杰出会员，总共十个人。这个长长的金属管的底部温度还相当高，他们甚至有点儿喘不过气来！但是，多么欢欣鼓舞！多么令人心醉神迷啊！哥伦比亚炮的基石上放着一张桌子，上面摆着十副刀叉，一束电灯光把这儿照得如同白昼。一道道丰盛的佳肴恍若从天而降，不断地端到他们面前，人们在地下九百英尺的盛宴上开怀畅饮法国最好的葡萄酒。

宴席上欢声笑语，热闹非凡。他们觥筹交错，为地球，为它的卫星，为大炮俱乐部，为合众国，为月球，为菲贝，为狄安娜[①]，为塞勒涅[②]，为黑夜的天体，为"安详的空中使者"干杯！所有这些"万岁"声通过这个巨大的传声筒飞上炮口，宛若雷声惊天动地，聚集在乱石岗周围的群众与深藏在哥伦比亚大炮底部的会餐者心心相印，齐声欢呼。

马斯顿心花怒放，他究竟是喊叫多于指手画脚，还是喝酒多于吃东

---

① 狄安娜，月神。
② 塞勒涅，月神。

举行盛宴

西，恐怕谁也无法讲清楚。但不管怎样，哪怕是给他一个帝国，他也绝不会同意让出他的座位，"是的，即使大炮装满火药，放好雷管，立刻开炮，把他炸得粉身碎骨，送上星空，他也在所不惜。"

第十七章 一封电报

大炮俱乐部的这项宏伟工程,可以说已经竣工了,但到向月球发射炮弹的那一天还有两个月呢!对大家焦急等待的心情来说,真是度日如年啊!直到目前为止,各种报刊每天都连篇累牍地报道工程进展的详细情况,人们如饥似渴地竞相阅读。他们担心的是,从现在开始,分给公众的这笔"有趣的股息"会大大减少,每位读者都害怕再也看不到天天都有激动人心消息的精神食粮。

事实远非如此,就在这个时候,一件最出乎意料、格外离奇古怪、非同寻常、难以置信的事件,又把喘息不定的人们推入狂热之中,使全世界群情激昂起来。

那一天是 9 月 30 日,下午三时四十七分,从瓦伦西亚岛(爱尔兰)通往纽芬兰和美国大陆之间的海底电线,传来一份给巴比凯恩主席的电报。

他打开封套读电文,虽然尽力控制住自己的情绪,但还是嘴唇发白,双眼模糊。

这封电报现已存入大炮俱乐部的档案,内容如下:

美国佛罗里达州，坦帕，巴比凯恩

　　请以锥形圆柱炮弹代替球形炮弹，我将乘弹出发。现乘"亚特兰大"号轮船赴美。

米歇尔·阿尔当

法国，巴黎

9 月 30 日晨四时

第十八章 "亚特兰大"号上的乘客

如果这条令人震惊的消息不是从电线中飞来，而是通过邮局送来的密封的信中传来的，如果法国、爱尔兰、纽芬兰和美国的电报员不一定知道电报的秘密的话，巴比凯恩则不会犹豫了。他就会谨慎从事，把这个消息压下来，免得计划受到影响。这份电报也可能是故弄玄虚，特别是它出自一个法国人之手。一个人哪怕是胆大包天也不会想到进行这样的旅行呀！如果确有其人，那他是不是一个应该关在疯人院而不是关在炮弹里的疯子？

电报的内容已尽人皆知，因为电报传送机本身不能保密。米歇尔·阿尔当的建议已在合众国各州中传开了。这样，巴比凯恩再没有理由保持沉默了。于是，他召集在坦帕的俱乐部成员们，冷淡地把简短的电文宣读了一遍，既没有表态，也没有谈论这份电报有多大的可靠程度。

"不可能！""这难以置信！""纯粹是开玩笑！""这是在嘲笑我们！""滑稽可笑！""荒谬绝伦！"大家以一连串表示疑问、怀疑、荒唐、疯狂的词句，加上在这种情况下常用的手势，一股脑儿全抛了出来，持续了好几分钟。各人性格不同，有的微笑，有的取笑，有的耸耸肩膀，有的开怀大笑。只有马斯顿说了一句妙语："我看，这倒是个好主意！"

"好主意？"少校顶了他一句，"不过有时候倒可以出这样的主意，假如你根本不打算施行它！"

"为什么不？"大炮俱乐部秘书很快反驳了一句，准备进行争辩。但谁也不想听他说下去。

米歇尔·阿尔当的名字已经在坦帕城传开了。外地人和本地人都互相打量、询问和开玩笑，倒不是针对这位欧洲人——这是一个神话人物，一个好幻想的家伙，而是对马斯顿，因为他相信这位传奇人物的存在。当巴比凯恩提议向月球发射炮弹时，大家都认为这很自然，是可行的，是纯粹的弹道学问题！可是，一个有头脑的人异想天开，想乘炮弹上天，进行这种难以置信的旅行，简直是天方夜谭，开玩笑，恶作剧，用确切翻译出来的一句法国俗语说，这是"胡扯"！

嘲笑话直到晚上仍不绝于耳，可以说整个国家都是狂笑的声音。这可有点儿非同寻常，尤其是在一个凡是极端困难的任务都容易找到鼓吹者、支持者和信徒的国家里。

然而，米歇尔·阿尔当的建议，如同所有的新思想一样，不会不引起一些人思想上的担心。这样，就改变了习惯情绪的方向。"我们可没想到这一点！"这件意外的事，仅仅因为它的标新立异，很快就变成了人们摆脱不了的观念。大家都在想这个问题。有多少前一天被否定的事，第二天竟变成了现实啊！为什么这样的旅行不会实现呢？但是不管怎么说，敢于冒这种风险的人肯定是个疯子，既然他的计划不用认真对待，那还不如缄默不语，免得他的无稽之谈搅得大家心神不安。

但是，首先，是不是真的有这个人？大问号！米歇尔·阿尔当这个名字对美国人倒不陌生，人们经常提到这位欧洲人的大胆冒险事迹。再者，这份电报，这个法国人所乘坐的那条轮船和确定的到达日期，这些都表明这个倡议带有一定的真实性，应该弄个水落石出。不久，由于好奇心的驱使，人们就三三两两地聚在一起，像原子被分子吸引一样，逐渐凝聚起来，最后竟变成了密密麻麻的人群，朝巴比凯恩主席的住所走去。

收到电报以后，巴比凯恩主席一直没有表态，他听凭马斯顿发表看法，既没有表示赞成，也没有表示反对。他保持缄默，静观事态发展，不过他没有想到群众会那样焦急不安，因此对挤在他窗户下的坦帕群众有点儿不以为然。然而，人群中的埋怨声、喊叫声迫使他不得不露面。看得出来，他有知名人物应尽的所有职责，因此也就摆脱不了知名人物的一切烦恼。

他出现在窗口，全场安静下来，有一位公民发言，开门见山地提出问题："电报中说的署名米歇尔·阿尔当的人，是不是在赴美国途中？"

"先生们，"巴比凯恩回答，"我并不比你们知道得更多。"

"那就要弄清楚。"几个急躁的群众喊道。

"留给时间来回答吧。"主席冷冷地回答。

"时间没有权利使整个国家紧张不安，"发言人接着说，"你是不是已经按电报的要求修改了制造炮弹的图纸？"

"还没有，先生们！但是，你们说得对，应该心中有数。既然是电报局引起了这场激动不安，那么它就应该提供进一步的消息。"

"到电报局去！到电报局去！"大家喊道。

巴比凯恩出现在窗口

巴比凯恩来到了大街上，带领集会群众朝电报局走去。

几分钟后，一封电报发给利物浦船舶经纪人协会的理事长，要求他回答下列问题：

"'亚特兰大'号是一艘什么船？它何时离开欧洲的？船上有没有一个叫米歇尔·阿尔当的法国人？"

两个小时以后，巴比凯恩得到了使人不容置疑的准确消息。

利物浦"亚特兰大"号轮已于10月2日出海，直驶坦帕，船上确有一名法国人，旅客登记簿上的名字叫米歇尔·阿尔当。

第一封电报得到证实的消息传来以后，主席的眼睛突然一亮，他握紧了拳头，只听他喃喃地说：

"那么说，这是真的！这是可能的！真有这么一个法国人！半个月后他将到达这里！准是一个疯子！一个头脑发热的人……真不敢相信……"

话虽这么说，当天晚上，他就写信给布里杜威尔公司，请他们暂停铸造炮弹，直到有新的指示为止。

现在，该说说全美国怎样激动不安，群众怎样心潮澎湃，比去年听了巴比凯恩报告后的轰动效应还要超过十倍，合众国报纸的种种报道，它们以什么态度接受这条消息和以什么方式歌颂这位旧大陆的英雄的到来；要描述美国人如何群情激昂，心神不定，每一小时、每一分钟、每一秒钟地计算时间；要描绘同一个思想如何萦绕在每人的脑际，摆脱不了，即使是描绘得不太高明也行；要指出工作虽然千头万绪，却怎样全给这件事情让路：工程停了下来，商店暂时关门，原来准备出海的船只，仍旧赖在港口不动，就怕错过"亚特兰大"号进港的良机，一批批船队来时载满旅客，却是空船返回，各式各样的轮船、邮船、游艇、快艇在圣埃斯皮里图海湾往来穿梭；要统计成千上万好奇的游客（坦帕的人口两周内增加了三倍，不少人只好像打仗的部队一样住帐篷）；总而言之，这是一件人力难以胜任的统计工作，还是别冒冒失失地去承担这个任务吧。

10月20日上午九点钟，巴哈马运河的信号台指出，在远方发现一股浓烟，两个钟头以后，一艘大轮船和信号台交换了信号。"亚特兰大"号的名字很快传到了坦帕城。四点钟，这艘英国轮船驶入圣埃斯皮里图海湾的水道。五点钟，它全速穿过希利斯波洛停泊场的航道。六点钟，它在坦帕港抛锚。

铁锚还没有抓着海底的泥沙，五百来条小船就从四面八方包围了"亚特兰大"号。巴比凯恩第一个跨上船舷，用抑止不住的激动的声音叫道：

"米歇尔·阿尔当！"

"在！"一个人从艉楼上回答。

巴比凯恩抄着手，不吭声，用询问的眼光投向"亚特兰大"号上的这位乘客。

这人大约四十多岁，高高的个儿，可是已经有些驼背了。他那雄狮般的大脑袋，不时甩动着红棕色的头发。短脸庞，宽鬓角，小胡子像猫须一样翘起，面颊上长满黄色汗毛，一对近视眼，圆圆的，目光有些迷离，看上去怎么都有点儿像猫。但是鼻子轮廓果敢坚定，嘴巴富有人情味，充满智慧的高额头，好像一个从不荒废的耕地，上面布满了皱纹。

他的胸膛结实发达，胳臂肌肉发达，像杠杆一样坚强有力，一条长腿步伐坚定，构成了这位欧洲人魁梧结实的身材。借用冶金学的术语来说，他"不是浇铸出来的，而是千锤百炼锻压出来的"。

拉瓦塔①或者格拉蒂奥莱②的弟子，可以毫不费力地从这个人的脑门和脸部上看出好斗性格，也就是说，能够临危不惧，勇于战胜困难。此外，他和蔼仁慈，心地厚道，生性热衷于超人的事业；相反，完全没有唯利是图的隆骨，没有占有欲和贪欲。

要结束对"亚特兰大"号这位乘客的描述，还应该讲讲他的衣服又肥又大，袖笼轻巧流畅，裤子和短外衣是如此肥大，以至于米歇尔·阿尔当本人都称之为"衣料的死敌"。领带松散着，衬衣领口敞开，露出一个强壮的脖子，袖口纽扣总是解开着，露出血气旺盛的双手。给人的感觉是，哪怕是数九寒天和危急关头，这样的人绝不会感觉冷的——连眼神中也没有一点儿寒意。

而且，在轮船的甲板上，他在人群中来回走动，一刻也不肯停下来，正如水手们所说的，总是指手画脚，对谁都用"你"称呼，贪婪地咬着手指头。这是造物主一时心血来潮，创造出来的怪人中的一个，但紧接着就把模子砸碎了。

米歇尔·阿尔当的道德品格确实给心理分析学家提供了一个广阔的观察园地。这位奇人总是容易夸张；物体在他的视网膜上总是显得特别庞大；由此导致了伟大的观念联合；他看什么事情都从大处着眼，但只有困难和人类例外。

———————————

① 拉法塔，生于苏黎世，瑞士哲学家和诗人，是相面术的发明人。

② 格拉蒂奥莱，法国生理学家。

米歇尔·阿尔当

再者，这个人精力旺盛，是个天生的艺术家、才华横溢的单身汉。虽说他的俏皮话不能像放连珠炮似的，但也是个出色的狙击手，一枪就能击中对方的要害。他在讨论中，不大注意逻辑，总是和演绎法唱对台戏，从不搞三段论，自有克敌制胜的法宝。他爱和人顶牛，善于拿对方的言论来反击对方，一下击中目标。他喜欢使出嘴巴和爪子的力气，专门为毫无希望的案子当辩护人。

他最大的怪癖，是他常常像莎士比亚一样，宣称自己是"一个高尚而无知的人"，他公开扬言蔑视一切学者。"这些人呀，"他说，"只配给我们打牌时记记分数。"总而言之，他是奇异国度里的一个流浪汉，一个富于冒险精神的人，但不是冒险家，而是一个冒失鬼，一个赶着太阳车飞奔的法厄同[①]，一个有一对备用翅膀的伊卡洛斯[②]。此外，他勇于献身，而且义无反顾。他昂首阔步投入狂热的事业，放火烧船，比阿加多克莱斯更加起劲，时刻准备粉身碎骨，但像儿童们喜欢玩的接骨木偶一样，最后总能双脚落地，渡过难关。

一句话，他的座右铭是："我行我素！"对不可能的事的爱好是他的"主要的热情"。

当然，这个敢闯敢干的男子汉有优点，也有不尽人意之处！俗话说，"不入虎穴，焉得虎子"，而阿尔当经常冒险，却并没有发财！他挥霍钱财，像无底洞一样。再说，他毫无利己之心，有多少想法就有多少一时冲动的行动；他乐于助人，有骑士风度，即使是对最残酷的敌人，

[①] 太阳神赫里阿斯的儿子，有一天，他获准驾驶太阳车，由于缺乏经验，不慎失事，引起宇宙间一场大火，被生气的宙斯以闪电击毙。

[②] 伊卡洛斯，这位希腊神用蜡将鸟翼粘于双肩，与父一起逃亡，因接近太阳，蜡融翼落，坠海而死。

他也不会咒骂他"吊死鬼",为了赎回一个黑人,他可以卖身为奴。

在法国和欧洲,人人认识这位爱吵闹的有名的人物。那个指挥信息女神的一百个嘶哑的嗓子不停地谈论自己的人,不就是他吗?他不是那个住在玻璃房子里,向整个宇宙倾诉自己心头最隐蔽的秘密的人吗?但是,他抢着两只胳膊,在人群里开路,把人撞痛、撞伤,狠狠地撞倒,为此,他也结了不少仇人。

不过,一般来说,大家还是喜欢他,把他当做一个被宠坏的孩子。俗话说:"不是你的朋友,就是你的仇敌。"他虽然是这号人,可大家还是喜欢他。每个人都很关心他的那些大胆的冒险事业,为他担心。人们知道他过于大胆,过于冒失了!有时朋友想劝阻他,告诉他即将面临的灾祸,这时,他就亲切地微笑着回答:"树木不着火,森林不会烧毁。"他一点儿也没料到他引用的是阿拉伯的一句最美妙的谚语。

这就是这位"亚特兰大"号上的乘客,他始终心潮澎湃,热血沸腾,倒不是因为他来美国要进行的事业——这个他根本没去想——而是受到他那狂热的身体构造的影响。如果有两个人可以形成鲜明对照的话,那这两个人就是法国人米歇尔·阿尔当和美国人巴比凯恩了,他们两人都大胆果断,富于冒险精神,只不过表现方式有所不同罢了。

大炮俱乐部主席望着这位使自己退居次要地位的朋友出神,但他的沉思很快就被群众的"万岁"喊声打断。群众喊声震耳欲聋,热情如此高涨,以致米歇尔·阿尔当和上千群众握手下来,差点儿连十只手指都握断了,只好躲进自己的舱房里去。

巴比凯恩一言不发,跟他进了舱房。

在房间里只剩下他们两个人的时候,米歇尔·阿尔当立刻问道:

"您是巴比凯恩吗？"口气仿佛是和一个二十年的老朋友说话。

"是的。"大炮俱乐部主席回答。

"啊！您好，巴比凯恩，一切顺利吗？很好！那太好了！太好了！"

"那么，"巴比凯恩开门见山地说，"您已经决定动身了？"

"完全决定了。"

"什么也不能使您改变主意了？"

"什么也不能。您按我的电报改变炮弹形状了吗？"

"我正在等您。但是，"巴比凯恩又问了一遍，"您慎重考虑过了吗？"

"慎重考虑过了！难道我还用浪费时间再去考虑？我要的就是这个到月球上兜个圈子的机会，马上就利用它，如此而已。我觉得没必要考虑再三了。"

巴比凯恩的目光凝视着这位男子汉，他谈到他的旅行计划时那样随便，那样轻松自如，那样无忧无虑。

"至少，"他对法国人说，"您总该有个计划和实施办法吧？"

"我的办法妙极了，亲爱的巴比凯恩。不过，请允许我提出一个意见：我情愿把我的意见对大家一次谈清楚，不要再留尾巴。这样就可以避免重复。所以，如果您没有更好的意见，请召集您的朋友们、会员们、全体市民、全佛罗里达的人，如果您愿意，甚至全美国的公民都可以，我准备在明天的大会上阐述我的办法，并同时回答一切质疑。您放心，我严阵以待，会说服他们的，您看行不行？"

"行。"巴比凯恩回答。

谈到这里，主席走出舱房，把米歇尔·阿尔当的话转达给广大群众。迎接他的是一阵手舞足蹈和快乐的欢呼声。这样，一切困难都迎刃而解。第二天，人人都可以欣赏这位欧洲英雄的风采了。然而，还是有几个执拗的人迟迟不肯离开甲板，他们在船上度过了通宵。马斯顿就是其中的一个，他用他的铁钩钩住栏杆紧紧不放，恐怕不用绞盘，休想拔开。

"这是一位英雄！一位英雄！"他兴奋得上气不接下气地叫喊，"和这个欧洲人一比，我们都变成软弱的女人了！"

至于主席，他在劝说参观者们散去之后，又回到了法国人的舱房，直到船上的钟敲响零点一刻才告别离去。

分别时，两位朋友热烈握手，米歇尔·阿尔当已经亲切地用"你"来称呼巴比凯恩主席了。

第十九章 集会

第二天，白昼的天体似乎同群众的急躁性情作对，姗姗来迟。对于有职责照亮这样一个节日的太阳来说，好像有点儿消极怠工。巴比凯恩担心不合适的提问会给米歇尔·阿尔当带来麻烦，本打算限制听众人数，比方说只让少数行家参加，只让他的会员们参加，然而，这好比是筑坝拦截尼亚加拉大瀑布，白费工夫。后来他只得改变初衷，让他的新朋友到大会上去碰运气了。坦帕新落成的交易所大厅尽管很宽敞，但对于这样一个重大的集会来说仍嫌太小，因为计划召开的会议有可能是一次真正大规模的群众集会。

会场选择在城外的一个空场上，人们只花了几个钟头，就把会场上的阳光遮起来了。港口内船上多的是帆、索具、备用桅杆等，给架设巨大的帐篷提供了各种材料。因此，帆布帐篷很快在炎热的草地上伸展开来，遮住了强烈的阳光。三十万人在这儿找到了座位，连续好几个钟头在闷热的天气下等候法国人的光临。这么大的会场，肯定只有三分之一的人能够看见和听见；另外的三分之一勉强能够看见，但是听不见；至于最后的三分之一，既看不见，也听不见，但他们仍作好了准备，不管

大会会场

米歇尔说什么，也会毫不吝惜地为他鼓掌。

三点钟，米歇尔·阿尔当在大炮俱乐部主要成员的陪同下，进入会场。他让巴比凯恩主席挽着右臂，马斯顿挽着左臂。他红光满面，简直比正午的太阳还要光彩照人。阿尔当走上平台，往台下望去，只见一片黑压压的礼帽布满会场。看上去他没有一点儿拘束，毫不做作，就好像在自己家里一样，快活、亲切、讨人喜欢。对欢迎他的"万岁"声，他致以亲切的谢意。然后，他挥手示意，要求大家安静下来，他用一口流利的英语开始讲话：

"先生们，虽然天气炎热，我还是要耽搁大家一些时间，对你们关心的科学计划进行一些说明。我既不是演说家，也不是科学家，原本不打算公开演讲，可是，我的朋友巴比凯恩说，你们很乐意让我讲讲，因此我只好从命。下面，请你们张开六十万只耳朵听我发言，如有错误，请大家包涵。"

这个自然而亲切的开场白很受公众的欢迎，会场一片嗡嗡的赞赏声。

"先生们，"他继续说，"无论是赞成的，还是反对的意见，一概不加限制。没有异议的话，我开始讲了。首先，请不要忘记，跟你们打交道的是一个无知的人，他的无知到了这个程度，以至于他甚至不知道什么是困难。因此，他认为乘炮弹奔向月球，是顺理成章、再简单不过的事情。这个旅行迟早都是要实现的，至于采用何种运输工具，它随着进步的法则而不断变化。人类开始是四肢爬行，然后有一天变成了双腿走路，后来是两轮马车、四轮马车、带篷马车、驿车，随后是铁路，好吧！炮弹就是未来的车子，老实说，行星也不过是一种抛射体，是由造物主之手发射的炮弹而已。还是回到我们的车子上来吧。先生们，你们

中间有些人可能会认为，给予炮弹的速度太大了，其实这没什么，所有的天体的速度都比它快，在环绕太阳的公转中，地球本身也以比它快三倍的速度带着我们运动。下面举几个例子，只不过请允许我用法里来表示，因为我对美国的度量单位还不大熟悉，怕计算错了。"

这个要求看来十分简单，没有任何困难。于是，讲演人继续他的发言：

"先生们，下面谈谈各类行星的速度。我不得不承认，尽管我才疏学浅，但对天文学上的这个细节还是了如指掌的。不过用不了两分钟，你们就会和我懂得一样多了。请听，海王星每小时运行五千法里；天王星七千法里；土星八千八百五十六法里；木星一万一千六百七十五法里；火星二万二千零十一法里；地球二万七千五百法里；金星三万二千一百九十法里；水星五万二千五百二十法里，有些彗星在接近近日点时高达一百四十万法里！至于我们呢，不慌不忙地在天空里闲逛，每小时不超过九千九百法里，而且速度还会逐渐下降！我问你们，这一切是否令人心醉神迷呢？将来有一天它就会被更快的速度——光或电也许是它们的能源——所超过，这难道不是显而易见的吗？"

看来，谁也没有对米歇尔·阿尔当的肯定表示怀疑。

"亲爱的听众们，"他往下接着讲，"按照某些鼠目寸光的人——这是对他们最合适的形容词——的观点，人类只会局限在某个圈子里，而无法突破，注定会终日在这个星球上生长，永远不能冲向行星的太空了。没有这回事！人们将奔向月球，奔向行星，奔向恒星，就像我们今天从利物浦到纽约一样便利、迅速、安全！大气的海洋跟月球的海洋一样将会被我们穿越！距离不过是一个相对的名词，它对于我们，最后必然会变成零。"

尽管听众被这位法国英雄折服了，但面对如此大胆的言论，仍不免有点儿目瞪口呆。米歇尔·阿尔当似乎察觉了这点。

"你们好像还不大信服，正直的主人们，"他带着亲切的微笑往下讲，"那好吧！再来研究一下。你们知道一列特别快车需要多长时间才能到达月球吗？三百天，不会再多。行程只有八万六千四百一十法里，它意味着什么？绕地球九圈还不到，有哪一个海员或者哪一个活跃的旅游者在一生中不曾走过比它更远的路程？你们想想，我在路上只要花九十七个小时！嗯！你们会认为，月球远离地球，进行探险旅行前可要三思而行！那么要是去海王星，你们会说什么呢？它在十一亿四千七百万法里的地方绕太阳运转，假设每公里只要五个苏，恐怕也没有几个人可以进行这样的旅游！就是十亿富翁也买不起票，因为还差一亿四千七百万法郎，他只能在半路上停住！"

这种巧妙的说法，看来很受听众欢迎；而且演说家的优美姿势、宏亮声音，以及他那大胆念头的感染，使大家更加聚精会神。他信心十足地说：

"朋友们，不只如此！假如把海王星到太阳的距离同恒星间的距离相比，就更是小巫见大巫，微不足道了。确实，恒星间的距离必须用令人头晕目眩的数字来计算，最小的数字也是九位，而且以十亿为单位。请原谅，我对这个问题谈得这么细，不过它也是一个扣人心弦的话题。请你们听过以后再进行判断吧！人马星座的 α 星的距离是八万亿法里，织女星五十万亿法里，天狼星五十万亿法里，大角星五十二万亿法里，北极星一百一十七亿法里，御夫座的 α 星一百七十万亿法里，其他的恒星则为千百万亿亿法里呢！居然还有人谈什么行星和太阳的距离，还有人硬是坚持认为这个距离存在！错了！大错特错！精神错乱！你们知道我对从光芒万丈的天体直到海王星为止的太阳系怎么看吗？想知道我的论点吗？它十分简单！我认为，太阳系是一个均匀的固体，组成它的行星相互挤靠，它们之间的距离，就跟结构最紧密的金属——银或铁、金或白金——分子间的距离差不多！因此我有权认定，并用大家心悦诚服的信念再重说一遍：'距离是一个虚词，它是不存在的！'"

"说得妙！好啊！万岁！"会场上所有的听众受到演说家的姿势、声音，以及他那大胆的念头的感染，异口同声地叫嚷起来。

"对啊！"马斯顿叫得比谁都起劲，"对，距离是不存在的！"

由于动作过猛，他的身子朝前一冲，差点儿控制不住自己，从平台上栽下来。幸亏他重新找到了平衡，才没有摔下去。要不，这一摔就无情地证明距离并不是一个虚词了。随后，那激动人心的演说又继续下去。

"朋友们，"米歇尔·阿尔当说，"我想这个问题现在已经解决了。如果我没有把你们全都说服的话，那一定是我的论据没有说服力。这只能归咎于我对理论的研究还不够。无论如何，我再说一遍，地球到它卫星的距离实在是微不足道的，一个认真严肃的人犯不着为此忧心忡忡。假如我说在不久的将来，'炮弹列车'问世后，运载着我们到月球上去旅游，并不为时过早。这种旅行将十分舒适，没有碰撞，没有抖动，不用担心会出轨，在我们还没感到疲劳时，就很快到达了目的地。用你们当地猎人的话来说，就像'蜜蜂飞似的'，成直线飞行。不用二十年，地球上就会有一半人访问过月球了！"

"万岁！米歇尔·阿尔当万岁！"全场听众都叫了起来，连半信半疑的人也不例外。

"巴比凯恩万岁！"演讲人谦逊地喊。

对这项伟大事业发起人的表示感激的话引起了共鸣，全场掌声雷动。

"朋友们，"米歇尔·阿尔当继续讲下去，"现在你们如果有什么问题要提出来的话，无疑会使我这样一个才疏学浅的人有点儿为难，但我仍将尽力回答你们。"

到目前为止，大炮俱乐部主席对讨论的情况十分满意。讨论主要围绕纯理论方面展开，米歇尔·阿尔当有丰富的想象力，讲得绘声绘色。但必须阻止会议转向实际问题，这方面他恐怕不是那么应付自如。巴比凯恩急忙发言，问他的新朋友，他是否相信月球或者行星上有人。

"尊敬的主席，你刚才提的是一个大问题，"演讲人微笑着回答，"可是，假如我没有弄错的话，许多博学的人，如普鲁塔克、斯威登伯格、贝纳丹·特·圣比埃尔等，都肯定了这个问题。从自然哲学的观点上来讲，我倾向于他们的意见；我认为天地间不存在无用之物，巴比凯恩兄弟，让我用另一个问题来回答你的问题，我斗胆地说，如果所有的天体都可以住人，那么现在、过去或者将来，它们上面都有人居住。"

"很好！"前几排的听众大声说，他们的意见对后面的听众非常有影响。

"没有人能说出更合乎逻辑、更正确的回答了。"大炮俱乐部主席说，"那么，又回到这个问题上来，所有的天体都可以住人吗？在这方面，我个人也持相同意见，是可以住人的。"

"至于我，我敢肯定。"米歇尔·阿尔当说。

飞向月球的"炮弹列车"

"可是，"一位听众反驳道，"对天体上可以住人的说法，有不少人持反对意见呢。很明显，在大部分天体上，生存的原则已经改变。因此，就说行星吧，按照它们离太阳远近的不同，有些星球在燃烧，有些则冰冻三尺。"

"真抱歉，"米歇尔·阿尔当答道，"我个人不认识这位尊敬的反对者，因为我要尽量回答他的问题。他的异议很有价值，但我认为要驳倒它以及一切天体不可能住人的论点并不难。假如我是物理学家，我会说，如果邻近太阳的行星上热质运动较少，那么反之，远离太阳的行星上热质运动较多，这种简单的现象就足以使热量保持平衡，使这些天体上的温度可以为我们人类这样的有机物所接受。假如我是博物学家，我就会说，根据许多科学家的意见，地球上的自然界向我们提供了各种不同生存条件下生活的动物范例。鱼类可以在使别的动物丧命的水中呼吸，两栖动物生活在难以解释的双重生活环境中；有些海洋生物习惯在海洋深处安家，哪怕是四十或五十个大气压它也毫不在乎；不同的水生昆虫适应各种不同的温度，它们可以出现在滚烫的温泉里，也能在北冰洋的冰天雪地里生存；总之，必须承认自然界有五花八门的生存方式。它们常常令人难以理解，然而又是客观事实，有的甚至达到了无所不能的地步。假如我是化学家，我会说，陨石是在地球之外形成的，通过分析，却无可置疑地发现它含有碳的踪迹。这种物质只可能来源于有机物，而依照在赖兴巴赫 [1] 作的实验，它必然是一种'动物化物质'。最后，假如我是神学家，我会对他说，根据圣保罗的观点，上天普度众生，不仅是

---

[1] 德国的一个小城市。

对地球上的人类，而且包括所有的天体上的生灵。可是，我既不是神学家，也不是化学家、博物学家、物理学家。由于我对支配宇宙的伟大的规律一窍不通，所以我只能回答如下：我不知道别的天体上是否有人，正因为不知道，我才要去月球上亲眼看看！"

米歇尔·阿尔当的这位理论对手是否还有话要说？我们不得而知，因为群众狂热的喊叫声使得谁也无法讲下去。等到最远处的听众也安静下来以后，得意扬扬的演讲者又补充了下面一些看法：

"亲爱的美国朋友，你们很清楚，对这么一个重大的问题，我刚刚接触到一些皮毛；我来这里，并不是为你们上公开课，并就这样一个丰富的题材进行论文答辩的。另外，还有一系列说明天体上可能有人住的论据，我就不多说了。请允许我只强调一点，对于这些坚持认为天体上没有人住的观点的人，我们必须回答：如果你们能够证明地球可能是宇宙中最好的天体的话，那你们可能有道理，但事实上谁也没有这样做过，虽然伏尔泰也曾这样说过。地球仅有一颗卫星，而木星、天王星、土星、海王星都有好几个卫星供它们支配，这是不容忽视的优越性。但特别使我们居住在地球上不那么舒适的因素，是它的轴心和轨道有一个倾角。由此形成了日夜的长短不等；令人伤脑筋的季节多样性也来自这里。在我们这个倒霉的扁球体上，天气不是太热，就是太冷，冬天冰冻三尺，夏天烈日炎炎；这是一个伤风、感冒、肺炎盛行的星球，而比如说，在木星表面，轴线的倾角极小①，居民可以享受长年不变的温度；那里有永久的春天区、夏天区、秋天区和冬天区；每位木星人可以任意挑

---

① 木星轴线与其轨道平面的交角仅为三度五分。——原注

选各自喜欢的气候，并且终生免受温度变化之苦。你们很容易会承认木星比地球优越，更不必说它的年份，它一年等于我们的十二年！再者，有这样优越的征兆和条件，我认为这个吉祥星球的居民一定是比我们更高级的生物，那里的学者更为博学多才，艺术家更加艺术高超，那里的坏人也没有那么坏，那里的好人则更好。唉！我们的扁球体要达到这种完美的境地，还缺少什么呢？只缺一点儿东西！那就是把自转轴与其轨道平面的倾斜度减小一些就可以了。"

"好啊！"一个狂热的声音叫道，"我们就齐心协力，发明一种机器，把地轴矫正过来！"

会场响起了一阵暴风雨般的掌声，提这个建议的原来是，也只能是马斯顿。也许是热情的秘书受工程师本能的驱使而乐于进行这种大胆的尝试。可是，老实说——因为这是事实——许多人只是用叫喊声表示支持它，当然，如果找到了阿基米德所要求的支点的话，美国人肯定会制造一根杠杆把地球举起来，并把它的轴线矫正过来的。可惜的是，这些敢闯的机械师们找不到这样的支点。

尽管如此，这个"特别切合实际"的主意引起了很大的反响，大会停顿了整整一刻钟。很久很久以后，美国仍在谈论大炮俱乐部常务秘书提出的这条有胆识的建议。

第二十章 攻和守

　　讨论似乎应该就此结束了。很难找到比这更好的闭幕词了。可是，当会场已经安静下来时，一个洪亮、严肃的声音响了起来：

　　"现在，演说家已经尽情地发挥了他的幻想，不知他是否愿意言归正传，少谈理论，多谈谈他这次远征的实际部分？"

　　大家发现，说话的那个人瘦高个儿，干巴巴的，面孔刚毅有力，下巴蓄着一撮美国式的山羊胡子。这个人是利用了会场上的几次混乱才慢慢地挤到第一排的。他双臂交叉，眼神发亮而大胆，沉着冷静地盯住这位大会上的英雄。他陈述了他的要求以后，就一言不发，对成千上万交织在他身上的目光和被他的话激起的抱怨都无动于衷。等待答复时，他又用同样直截了当的语调，重申了他的问题，随后补充说：

　　"我们到这儿来是为了探讨月球的，而不是探讨地球。"

　　"先生，你说得对，"米歇尔·阿尔当回答，"讨论偏离正题了。我们回到月球上来吧。"

"先生，"那个陌生人又说，"你说月球上有人，好，但是，假使月球上确实有人的话，可以肯定，这些人不是靠呼吸生活的，因为——为了你的切身利益，我预先告诉你——月球上没有一点儿空气。"

阿尔当听了陌生人的话，马上竖起了他的红头发，他懂得他和这个人的斗争就要在这个关键问题上展开了。现在轮到他死死盯住这位陌生人了，他说：

"啊！月球上没有空气！这是谁说的？请告诉我。"

"科学家说的。"

"真正的科学家？"

"是的。"

"先生，"米歇尔接着说，"我们不开玩笑，我对有真才实学的科学家是十分尊重的，但对那些不学无术的冒牌科学家却不屑一顾。"

"你熟悉属于后一种的科学家吗？"

"特别熟悉。在法国有那么一位，他坚持认为，'严格地说'，鸟是不能飞的，还有另外一位，他的研究成果是，鱼本来是不生活在水里的。"

"我说的科学家可不是这号人，先生，支持我的主张的科学家，我可以举出一大串名字！"

"那么，先生，我这个可怜的无知者可是孤陋寡闻，请予指教！"

"如果你对这些科学问题没有研究，为什么要谈论它们呢？"陌生人厉声问道。

"为什么？"阿尔当回答。"就因为他正直无畏，不知什么叫危险！我确实一无所知，但正因为有了这个弱点，才使我产生了力量。"

"你的弱点荒唐极了！"陌生人气冲冲地喊道。

"哦！那更好，"法国人也反击说，"但愿这个傻念头能把我带到月球上去！"

巴比凯恩和他的伙伴们瞪大眼睛，恨不得把这个胆敢阻挠他们计划的不知趣的家伙一口吞下去。谁也不认识这个人。主席有点儿担心地瞧着他的新朋友，对如此唇枪舌剑的发展趋势深感不安。因为这样争论下去的结果会提醒大家，这次远征有危险，甚至根本无法实现。

"先生，"米歇尔·阿尔当的对手继续说，"许多无可争辩的理由证明，月球周围没有大气层。我可以进一步说，即使曾经有过大气层，那想必也早被地球吸完了。但是，我更希望用不容置疑的事实来驳倒你。"

"请吧，先生，"米歇尔·阿尔当很有礼貌地回答，"你想怎么驳都行！"

"你知道，"陌生人说，"当光线穿过空气层时，会发生偏斜，或者换句话说，会产生折射现象。而当月球遮住星星，星光掠过月盘边缘时，却没有任何偏斜，也没有丝毫的折射迹象。由此可以证明，月球周围不存在大气层。"

人们都看着法国人，因为，这个意见一旦成立，后果将十分严重。

"事实上，"米歇尔·阿尔当回答，"如果不说这是你唯一的证据，至少是你最主要的证据，一个科学家或许不知道如何回答这个问题；我呢，我只想告诉你，这个证据有缺点，不过，我们暂时不谈它，亲爱的先生，请告诉我，你是否承认月球表面有火山存在？"

"有死火山，没有活火山。"

"不过，请允许我认为月球上曾经有过火山爆发，这并没有超过逻辑推理的范围！"

"这当然是肯定的，但是，这些火山自己能够提供燃烧所需要的氧气，因此火山爆发绝不能证明月球上一定有空气。"

"好，咱们先不谈这个，"米歇尔·阿尔当回答，"把这些论据先搁在一边，下面谈谈直接观测的情况吧。不过我话说在前头，我先得提到一些人名。"

"提吧。"

"我开始说啦。1715 年，天文学家卢维尔和哈雷在观测 5 月 3 日的月食时，注意到月球上有奇异的闪光。他们认为这些快速和经常反复出现的闪光是月球大气层里的暴风雨。"

"1715 年，"陌生人表示反对，"卢维尔和哈雷两位天文学家不过是把地球上的现象，例如火流星或者其他一些在我们大气层中产生的现象，照搬到月球上去了。在他们陈述这些事实后，当时的科学家们就是这样回答的，这同样是我的回答。"

"这一点我们也不说了，"阿尔当对反驳毫不在意，应答说，"赫歇尔于 1787 年在月球表面不是观察到大量发光点吗？"

"是有这回事，但并没有对发光点的光源进行解释，赫歇尔本人也没有因出现发光点而得出月球上必然有空气的结论。"

"答得好，"米歇尔·阿尔当以称赞对手的口吻说，"看得出来，你对月理学很有研究。"

"很有研究，先生，我还要补充的是，比尔和马德莱尔先生，这两位对月球研究有突出贡献的和最精明的观测家，也都认为月球表面绝对没有空气存在。"

听众中引起了一阵骚动，好像被这位怪人的论据打动了。

攻击和反驳

"再说一点,"米歇尔·阿尔当平静地说,"现在再谈一件重要的事实。出色的法国天文学家罗赛达先生在观察 1860 年 7 月 18 日的日食时,发现新月形太阳的尖顶成圆形,被截去了尖角。这种现象说明阳光通过月球的大气层时产生了折射,不可能有别的解释。"

"可事实果真如此吗?"陌生人急切地问道。

"完全可以肯定!"

全场情绪又倒向了他们敬爱的英雄一边,他的对手一时沉默不语。阿尔当继续讲下去,并没有因为最后占了上风而得意扬扬,只是说:"亲爱的先生,你现在很清楚,我们不能绝对否定月球表面有大气层的存在,它也许不浓密,相当稀薄,但当今的科学普遍承认有空气存在。"

"请别见怪,高山上可没有吧。"陌生人固执己见,仍在反击。

"是没有,但在山谷里有,而且只有几百英尺厚。"

"总之,你还是小心谨慎为好,因为那里的空气太稀薄了。"

"啊!亲爱的先生,对一个人来说,空气还是绰绰有余的;再者,一旦到了月球,我会尽量地节约空气,只是在真正需要时才呼吸!"

全场哄堂大笑,把神秘的对话者的耳膜都震聋了。他以挑战的姿态,高傲地扫视着观众。

"好了。"米歇尔·阿尔当悠闲地说,"既然我们同意月球上存在一些空气,那么我们也不得不承认那儿该有点儿水了。至于我个人,对这样的结论感到十分高兴。另外,亲爱的反对者,请允许我再陈述一个事实。我们只看到月球的一面,假设能见到的一面空气稀薄的话,那另一面也许会有很多空气呢!"

"为什么？"

"因为，月球由于地球引力的关系，形状像一个鸡蛋，我们看到的只是小的一端。根据汉森的计算结果，它的重心在另外一个半球上。因此可以得出结论，在它形成的最初日子里，大部分的空气和水都被它的重心吸引到另一面去了！"

"纯粹是幻想！"陌生人大声说。

"不！这纯粹是建立在力学定律上的理论，我认为它很难被驳倒。为此，我在这次大会上呼吁，请就月球表面是否同地球上一样存在生命问题进行投票表决。"

三十万听众同时鼓掌表示赞成。陌生人还想讲什么，但已不可能说下去了。喊叫声和恐吓声好似冰雹一样纷纷落在他头上。

"够了！够了！"有的人说。

"把这个不知好歹的家伙赶出去！"另一些人喊道。

"把他赶出去！把他赶出去！"被激怒的群众叫道。

但是他呢，他攀住平台，稳稳地待在那儿，等着暴风雨过去。要不是米歇尔·阿尔当做了一个手势要大家安静，这场暴风雨真难以平息下来。他这个人非常大度，绝不会在对方完全陷于绝境时撒手不管的。

"你还有话要说吗？"他文雅地问陌生人。

"有！有千语万语要说，"陌生人激动起来，"或者不如说，不，只有一句话！假如你坚持要进行这次旅行，那你一定是个……"

"冒失鬼！你怎么能这样看我？我已经要求我的朋友巴比凯恩造一枚锥形圆柱体炮弹，免得我在途中像松鼠一样打滚。"

"但是，可怜虫，出发时的巨大坐力会把你压成肉饼的！"

"亲爱的反对者，现在你才说到我们唯一的和真正的困难了，但是我坚信美国人的工业天才，他们会解决它的！"

"但是，炮弹高速穿越大气层时产生的高热呢？"

"啊！弹壁很厚，更何况一眨眼就可穿过去了！"

"但是食品呢？水呢？"

"我已经算过了，只要四天就可抵达月球，我可以带上足够一年用的东西！"

"但是旅途呼吸的空气呢？"

"我可以用化学方法制造。"

"假使你能到达月球，你将如何下降？"

"在那儿下降，速度比地球上慢六倍，因为月球引力比地球小六倍。"

"但它仍足以把你像玻璃一样摔得粉碎！"

"可是谁能阻止我采用安排得当、在有效期内燃烧的火箭，减低下降的速度呢？"

"但是最后，假定所有的困难都解决了，所有的障碍都扫除了，所有的好运都落在你一个人头上了，假定你安全到达月球了，可是你怎么回来呢？"

"我不回来了！"

听到这个淳朴而豪迈的回答，全场都震惊了，顿时鸦雀无声。这一阵沉默比兴奋的叫声更加动人。陌生人利用这个机会发出最后的抗议。

"米歇尔，你准会死在那儿！"他大声说，"这是一个失去理智的人的无谓死亡，甚至对科学也毫无价值！"

"接着往下讲，好心的朋友，你确实做了一个令人愉快的预报。"

"太过分了！"米歇尔·阿尔当的对手叫喊道，"我真不知道为什么要继续这样一场不严肃的争论！随你的便，你尽管去进行这次疯狂的旅行吧！该责怪的不是你！"

"啊！说吧，你别不好意思！"

"不！是另外一个人应对你的行动负责！"

"请问他是谁？"米歇尔·阿尔当急切地问。

"就是组织这次既可笑又办不到的实验的那个傻瓜！"

这已是直接的人身攻击了。自从陌生人开始介入以来，巴比凯恩尽最大努力克制自己，像一些锅炉的燃烧室一样"闷着燃烧光冒烟"；看到自己受到指名道姓的侮辱，他立刻站起来，正准备朝那个挑衅者走去，这时，他突然发现自己被拉远了。

原来是一百来个粗壮的胳膊一下子把平台举了起来，大炮俱乐部主席和米歇尔·阿尔当一起享受着凯旋游行式的荣耀。平台很重，但是抬它的人不断换班，大家你争我夺，都想用自己的肩膀表达对这次旅行的支持。

不过陌生人倒没有趁混乱离开会场。再说，群众这么拥挤，他要离开又谈何容易？不，肯定走不开。不管怎样，他仍旧站在第一排，两手交叉，死瞪着巴比凯恩主席，恨不得吞了他。

这一位也一直望着他，两人的目光像两把寒光凛凛的宝剑一样针锋相对。

在这次凯旋游行中，广大群众的喊声震天。米歇尔·阿尔当得意扬扬地让他们抬着，他满面春风。平台一会儿左右摆动，一会儿前后颠簸，恍若一艘遭受波浪冲击的船只。可是，两位大会的英雄的双脚如同海员一样屹立不动，稳如泰山。他们这条船安全地驶入了坦帕港。米歇尔·阿尔当终于幸运地摆脱了那些狂热崇拜者的拥抱，逃进了富兰克林旅馆，匆忙地走进房间，一头钻到了床上，而十万群众却还在他窗底下久久不肯离去。

这时，在这位神秘人物和大炮俱乐部主席之间，正进行着一场急促、认真和决定性的交涉。

终于从游行中抽出身来的巴比凯恩，来到对手面前。

"来吧！"他用生硬的口气说。

陌生人跟着他来到码头上，不一会儿就来到了面向琼恩斜坡的一个码头入口处。现在就剩下他们两个人了。

在这儿，两个互不相识的仇敌互相打量着。

"你是谁？"巴比凯恩问。

"尼科尔船长。"

"我也猜到了一些。直到目前为止，我们还一直没有狭路相逢过……"

"我专程来此和你相会！"

"你刚才侮辱了我！"

"对，公开侮辱！"

"你必须向我道歉！"

"好，马上照办。"

"不。我希望一切都在我们之间秘密进行。离坦帕三英里有一个斯克斯诺树林。你知道吗？"

"知道。"

平台一下子被举了起来

"你愿意明早五点从树林的一头进来吗？"

"可以，如果你早五点从另一头进来的话。"

"你不会忘了带你的来复枪吧？"巴比凯恩说。

"正像你不会忘记一样。"尼科尔回答。

他们冷冷地交换了这几句话后，就分手了。巴比凯恩回到住所后，并没有休息，而是通宵达旦寻求避免炮弹坐力的办法，解决米歇尔·阿尔当在大会上提出的这道难题去了，一夜没有合眼。

第二十一章 一个法国人怎样调解争端

正当主席和船长谈判决斗事宜时——这是一场可怕而野蛮的决斗，双方都变成了猎人，米歇尔·阿尔当则在旅馆中躺着休息，消除凯旋游行的疲劳。"休息"这个字眼显然词不达意，因为美式床铺硬得简直可以和大理石及花岗岩桌子相比。

阿尔当睡得不好，在毛巾被里辗转反侧，正梦着在炮弹里放一张更加舒适的床时，一阵嘈杂声把他从梦中惊醒。杂乱的敲门声摇撼着房门。似乎有人用铁器在打门。在这一阵过早的喧闹中还夹杂着可怕的喊叫声。

"开门！"有人在大喊大叫，"喂！看在老天爷的分儿上，快开门吧！"

阿尔当对这样无礼的打扰本可以置之不理。然而，眼看房门就要在来访者坚持不懈的撞击下倒下来了，他才不大情愿地下床去开门。大炮俱乐部秘书像一枚炸弹似的风风火火地闯了进来。

"昨天晚上，"马斯顿一进门就喊，"我们的主席在大会上受到了公开羞辱！他已向他的对手挑战，这个人正是尼科尔船长！他们今天早上要在斯克斯诺树林里决斗！我是从巴比凯恩口中得知这个消息的！假如他被人杀死了，我们的计划也就泡汤啦！一定要阻止这场决斗！而世

马斯顿闯进了房间

界上只有一个人能够影响巴比凯恩，能够阻止他去战斗，那就是米歇尔·阿尔当！"

米歇尔·阿尔当立刻明白了他的任务，马斯顿还没嚷完，他就套上了他肥大的裤子，不到两分钟，两个朋友就撒开腿，向坦帕郊外奔去。

在奔跑的路上，马斯顿把详细情况告诉阿尔当。他讲述了巴比凯恩和尼科尔积怨的真实原因，说明他们结仇由来已久，只是因为双方朋友们暗中调解，主席和船长才从来没有碰过面。他还解释说，其实这仅仅是钢板和炮弹之争。最后又谈到大会上的场景，说尼科尔为了发泄积怨，早就伺机在寻找这样的机会了。

没有比美国这种特别的决斗更可怕的了，他们在灌木丛中互相搜索对方，在荆棘丛里互相窥伺，躲在矮树丛后面像牛仔一样拔枪射击。这时双方都十分羡慕草原上的印第安人，羡慕他们天生的本领、他们的机智敏捷、诡计多端、善于跟踪和嗅觉灵敏。只要一次失误，稍一迟疑，迈错一步，都会招来杀身之祸。遇到这种情况，美国人常常带上猎犬，既当猎人，又当猎物，他们互相追逐长达数小时之久。

当他的同伴给他绘声绘色地描述了这一番情景之后，米歇尔·阿尔当喊道："你们是多么古怪的人啊！"

"我们就是这样的，"马斯顿谦虚地回答，"不过，咱们要快些走。"

他们两人在露水湿润的草原上奔跑，穿过稻田和小溪，抄近道走，但还是没能在五点半前赶到斯克斯诺树林。巴比凯恩想必已经进去半个钟头了。

树林边有一个老樵夫正在砍树。马斯顿跑过去大声问：

"你看见一个带着来复枪的男人走进树林里去了吗？他是巴比凯恩，

我们的主席……我的挚友……"

可敬的大炮俱乐部秘书天真地以为全世界的人都认识他的主席。但是樵夫看来并没有听懂他的话。

"一个猎人。"于是阿尔当说。

"一个猎人？是的，我看见了。"樵夫回答。

"时间长吗？"

"大约有一个钟头了。"

"我们太晚了！"马斯顿脱口而出。

"那你听见枪响了吗？"米歇尔·阿尔当追问道。

"没听见。"

"一声也没听到？"

"一声也没听到。看起来那个猎人很不走运！"

"怎么办？"马斯顿问。

"只有冒着吃一颗子弹的风险走进树林里去找，尽管子弹本不是对着我们来的。"

"啊！"马斯顿说，他的声调不会使人产生误解，"我宁愿在我的脑袋里装十颗子弹，也不愿意让巴比凯恩的脑袋吃一颗！"

"那我们进去吧！"阿尔当握住同伴的手说。

几秒钟以后，这两位朋友就消失在灌木丛里了。这是一片十分茂密的矮树丛，有大柏树、无花果树、橡树和木兰树。它们的枝条互相交错、纠结在一起，视野很不开阔。米歇尔·阿尔当和马斯顿一前一后往前走，悄悄地蹚着深草，在苗壮的绿藤中间踏出一条路来，用目光搜索灌木丛或者浓荫深处，怀着每一步都可能听到可怕的枪声的心情往前走着。至于巴比凯恩在树林中可能留下的足迹，他们根本无法辨别出来。他们盲目地在刚刚踏出来的羊肠小道上行走，在这里，恐怕只有印第安人才能做到跟踪追击。

两个同伴搜索了一个钟头，毫无所获，只好停了下来，心中忐忑不安。

"我看希望渺茫，"马斯顿泄了气，"巴比凯恩这个人即使对他的敌人也不耍花招、设陷阱、搞诡计！他心眼直，胆子大。他一去就直奔危险，义无反顾。樵夫也许离得太远，风不能把枪声传到他那里！"

"可是我们！"米歇尔·阿尔当说，"我们进入树林以后，应该听到的……"

"说不定我们来晚了！"马斯顿大叫大喊起来，几乎绝望了。

米歇尔·阿尔当无言以对。两人继续往前搜寻。他们不时高声呼唤，一会儿叫巴比凯恩，一会儿叫尼科尔。但两个死对头谁都没有回答。欢乐的鸟群被声响惊动，迅速飞进了枝条深处，几头受惊的黄鹿在矮树丛中慌忙地逃走了。

他们又找了一个钟头。大部分的树林都搜遍了，还是看不见决斗者的踪影。看来樵夫的话值得怀疑，阿尔当已准备放弃这种徒劳无益的搜寻了，就在这时，马斯顿突然停了下来。

"嘘！"马斯顿说，"那边有人！"

"有人？"米歇尔·阿尔当问。

"是的！有一个人！他好像一动不动，手里也没拿枪。那他在干什么呢？"

"你认出谁来没有？"米歇尔·阿尔当问，他那双近视眼在这种场合可就不管用了。

"认出来了！认出来了！他转过身来了！"马斯顿回答。

"是谁？"

"尼科尔船长！"

"尼科尔！"米歇尔·阿尔当失口喊道，心中一震。

尼科尔手中没拿枪，难道说他不再害怕他的对手啦？

"我们走近点儿看看，"米歇尔·阿尔当说，"心中就有数了。"

但他和同伴还没走上五十步，就站住了，更仔细地观察船长。按照他们的想象，一定会看到一个嗜血成性、一心想复仇的人！可他们一看见船长，就惊呆了。

在两株高大的百合树中间张着一张密网，网中套着一只小鸟，翅膀被缠在网上，一边挣扎着，一边发出可怜的叫声。张网捕鸟的不是猎人，而是当地特有的一种毒蜘蛛，它有一个鸽蛋大小，脚十分细长。这只可怕的动物正准备扑向它的猎物时，发现一个更为可怕的敌人正威胁到它自身的安全，不得已中途返回，躲到百合树高高的树枝上去了。

原来，尼科尔船长忘记了他的危险处境，把枪放在地上，正小心翼翼地在大蜘蛛网上解救这只受害的小鸟。完事之后，他放开小鸟，它欢快地拍着翅膀，一转眼就飞走了。

尼科尔慈祥地望着它飞走，身边却传来了一个激动的声音：

"你呀！真是个好人！"

尼科尔转过身来，看到米歇尔·阿尔当站在面前，他满怀深情地又说了一遍：

"你真是个好心人！"

"米歇尔·阿尔当！"船长大声说，"先生，你到这儿来做什么？"

一只小鸟在网中挣扎

"来和你握手，尼科尔，我来阻止你杀死巴比凯恩或者阻止他杀死你。"

"巴比凯恩！"船长喊道，"我找了两小时了，也没找到他！他藏到哪里去了？"

"尼科尔，"米歇尔·阿尔当说，"这可有点儿失礼了！应该始终尊重对手才是。放心吧，如果巴比凯恩还活着，我们会找到他的，如果他不像你一样，以解救被困小鸟消遣的话，他肯定也在找你，这就更容易找到了。但是，我们找到他时，你们俩就再也不要决斗了，这是我米歇尔·阿尔当说的。"

"我和巴比凯恩主席，"尼科尔冷冷地说，"有不共戴天的……"

"得了！得了！"米歇尔·阿尔当接着说，"像你们这样正直的人竟然互相结仇，不，现在应该互相器重才是。你们不要决斗了。"

"先生，我要拼个你死我活！"

"别这样。"

"船长，"这时马斯顿诚心诚意地说，"我是主席的朋友，他的知交，是'第二个他'。假使你一定要杀死他，那你就对我开枪吧，打死我跟打死他是一样的。"

"先生，"尼科尔用一只痉挛的手握紧枪说，"这种玩笑……"

"马斯顿朋友可不是开玩笑，"米歇尔·阿尔当回答，"我完全理解他为敬爱的人而献身的精神！然而，无论是他还是巴比凯恩，都不会在尼科尔船长的枪弹前倒下，因为我有一个很吸引人的建议，你们一定会欣然接受的。"

"什么建议？"尼科尔问，露出一副怀疑的神态。

"等一等，"阿尔当回答，"一定要巴比凯恩在场时我才肯说。"

"那就去找他吧。"船长高声说。

三人立刻就上路了。船长卸下子弹，把枪扛在肩上，一颠一颠地往前走，没有再说话。

走了半个小时，还是没有结果。马斯顿有一种不祥的预感。他严厉地观察尼科尔，怀疑船长是不是报仇得逞，不幸的巴比凯恩已经饮弹身亡，陈尸在血染的矮林深处了呢？米歇尔·阿尔当似乎也有同感，两人都在用询问的目光注视着尼科尔船长，这时，马斯顿突然停住了脚步。

只见二十步开外，有一个人背靠一棵大木豆树，一动不动，深草遮住了他的下半截身子。

"是他！"马斯顿说。

巴比凯恩没有动。阿尔当凝视着船长的眼睛，往前走了几步喊道：

"巴比凯恩！巴比凯恩！"

没有回答。阿尔当朝他朋友跑过去，但是，当他准备去拉朋友的手时，突然停住，惊奇地叫了一声。

巴比凯恩手里拿着铅笔在小本上写公式，画几何图形，他那支退了子弹的枪也放在地上。

这位科学工作者正全神贯注地计算着，早把决斗和报仇忘得一干二净，别的什么也看不见，什么也听不见。

直到米歇尔·阿尔当拉住他的手时，他才抬起头来，以惊讶的眼光瞧着他的朋友。

"啊！"他终于大声说，"原来是你！我找到了，朋友，我找到了！"

"找到什么？"

"我的办法！"

"什么办法？"

"消除炮弹发射时坐力的方法。"

"真的吗？"米歇尔边说边用眼角瞅着船长。

"是的！用水！把普通的水当做弹簧……哦！马斯顿！"巴比凯恩喊道，"你也在这里！"

"正是，他也在这里，"米歇尔·阿尔当回答，"同时，请允许我向你介绍尊敬的尼科尔船长！"

"尼科尔！"巴比凯恩霍地站起来喊道，"对不起，船长，我刚才忘了……现在我准备好了……"

米歇尔·阿尔当没等两个仇人交谈，就立刻打断他们说：

"自然喽！像你们这样善良的人幸亏没有早一点儿相遇！否则，我们就该为你们中间的一位痛哭哀悼了。多亏上帝保佑，现在不用担惊受怕了。当一个人专心致志地思考机械学问题，或者跟蜘蛛恶作剧，而把仇恨忘在脑后时，这种仇恨对任何人来说，也就没什么危险了。"

米歇尔·阿尔当把刚才船长救小鸟的经过告诉了主席。

"请问，"讲完后他问道，"上帝把你们这样心地善良的人生下来，难道就是让一个人用马枪打碎另一个人的脑袋吗？"

当时的情况既有点儿可笑，又那么出人意料，巴比凯恩和尼科尔都一时不知所措，不知道该采取什么态度才好。

米歇尔·阿尔当也感觉到了，他决定快刀斩乱麻，促进他们和解。

"正直的朋友们，"他嘴角上挂着真诚的微笑说，"你们之间完全是误会，没有别的。好啦！既然你们是不畏艰险的人，那就请毫不犹豫地接受我的建议吧！”

“说吧！”尼科尔说。

“巴比凯恩老兄认为他的炮弹将直奔月球。”

“对，毫无疑问。”主席说。

“而尼科尔朋友则肯定它会重新落到地球上来。”

“我敢保证。”船长喊道。

“那好！”米歇尔·阿尔当接着讲下去，“我不打算强求你们意见一致，我只是直截了当的一句话：请你们和我一起出发，看看我们是否会停止在半路上。”

“嗯！”马斯顿惊讶地愣住了。

听到这个出乎意料的建议，两位对手抬起头互相仔细打量对方。巴比凯恩等着船长的回答，尼科尔却希望主席先表态。

“怎么样？”米歇尔的语调十分动人，“既然不用害怕炮弹的坐力了……”

“接受！”巴比凯恩大声说。

尽管他说得飞快，尼科尔却与他同时讲完了这句话。

“万岁！好极了！好哇！妙极了！”米歇尔·阿尔当喊了起来，同时向两位对手各伸出了一只手，“现在问题已经解决了，朋友们，请允许我用法国方式款待你们。咱们吃饭去吧！”

"请你们和我一起出发。"

第二十二章 美国的一位新公民

尼科尔船长和巴比凯恩主席决斗的事情和其奇特的结局，当天就迅速传遍了全国。在这个事件中，颇有骑士风度的欧洲人所起的作用，他那出人意料的化敌为友的建议，以及法国和美国将手拉手走上征服月球之路的消息，这一切使米歇尔·阿尔当名声大振。

我们知道，美国人对一个人的崇拜可以达到何等痴迷的地步。在严肃的官员们可以拉着舞女车子胜利游行的国度里，那个勇敢的法国人能够激起多么大的热情，大家可想而知。如果人们没有替他卸下马套，那也许是因为他没有马，但所有其他的热情表示，他们全都表露无遗。没有一个公民不与他心连心！正如美国格言所说"万众归心"。

从这天开始，米歇尔·阿尔当没有一刻安宁。从全国各地来的代表团片刻不停地包围着他。不管愿意不愿意，他都得接待他们。和他握过手的人，和他称兄道弟的人不计其数。很快他就筋疲力尽了；过多的讲话使他嗓子嘶哑了，令人难以听懂。出席宴会为合众国各县的代表祝酒，使他差点儿患了胃肠炎。如果换了别人，从第一天开始，这种成功就会使人飘飘然起来，可他善于控制自己，精神上保持着迷人的半醉状态。

在纠缠他的五花八门的代表团中，还有不少"受月亮影响的人"，其实就是精神病患者，他们绝不会忘记对这位未来月球的征服者表达感激之情。有一天，这些可怜人中有几位跑来找他，希望和他一起回他们的老家去。有几位还扬言会讲"月球人的话"，愿意教米歇尔·阿尔当学说这种话。米歇尔乐意听凭他们天真的安排，并答应为他们的月亮朋友们捎信。

"精神病真是怪，"把这些人打发走了以后，他对巴比凯恩说，"敏锐的人常常得这种病。我们的一位著名的科学家阿拉戈就曾对我说过，许多固有观念较深的贤人，每次一受到月球的影响，就会产生狂热和难以置信的古怪。你不相信月球对于疾病的影响吗？"

"很少相信。"俱乐部主席回答。

"我也不信，可是，历史上至少有一些现象令人惊讶。例如，1693年发生了流行病，1月21日发生月那天，死去的人最多。著名的培根在月食时总是昏迷过去，只是到月亮完全露出来时才苏醒过来。查理六世国王1399年曾六次发生精神错乱，不是在新月，就是在满月期间。有的医生曾把癫痫病列入随月相而发生的疾病里。神经性疾病似乎也常受月球的影响。心理学家米德谈到过一个孩子，每到月望时就痉挛。心理学家高尔顿曾指出，体弱者每月有两次精神特别兴奋，也就是新月和满月。总之，像这样的现象还有上千个例子，如头晕、发烧、梦游症等，似乎都证明黑夜的天体对地球上的疾病有一种神秘的影响。"

"什么样的影响？为什么？"巴比凯恩问。

"为什么？"阿尔当回答，"说实话，我会用阿拉戈隔了十九个世纪之后借用普鲁塔克的话回答你：'也许因为根本没有这回事！'"

米歇尔·阿尔当红极一时，作为一个名人的苦差使，他一点儿也无法逃避。成功的企业家想拿他来展览。巴纳姆允诺给他一百万，带他周游美国各城市，想把他当做一头珍奇动物似的当众展览。米歇尔·阿尔当把他称做"驭象人"，让他自己去各地展示。

尽管他拒绝满足公众的好奇心，但是至少他的肖像已经遍布全世界，在各种纪念画册上占据了显要位置，从和本人一样大小的到和邮票一样小的微型相片，不一而足。各人都可以随心所欲，拥有他的各种姿态的英雄形象，有头像、半身像、全身像、正面像、侧身像、斜面像和背影像。人们把他的照片印了一百五十多万张。他完全可以趁此机会把自己的物品作为珍贵的纪念品出售，可他并没有这样做。光是以一美元一根出售他的头发，他不仅会发大财，还会留下足够的头发呢。

总之一句话，享有盛名并没有让他不高兴。相反，他听从公众的安排，和全世界联系。人们传颂他的美言，特别是那些他没有说过的话，也传了出去，他们把这些全算在他头上，因为米歇尔·阿尔当确实不乏丰富多彩的语言。

他不仅得到男人们的爱戴，而且得到女士们的青睐。光是为他"定居"月球的大胆想法所倾倒的女士，就可以令他得到多少的"美满姻缘"啊！尤其是那些老处女，四十年来从未涉足爱河，现在却对着他的照片朝思暮想。毫无疑问，只要他愿意，即使他提出跟他一起去太空的条件，也可以找到成百个女伴。女人们一旦无所畏惧时，就极其勇敢顽强。但米歇尔并不想扎根月球传宗接代，不想把法国人与美国人融合的种族迁移到那儿去，因此他拒绝了。

"到月球上去，"他说，"和夏娃的一个女儿扮演亚当的角色？多谢了，我只会碰见蛇……"

他终于从过多的胜利喜悦中摆脱出来，就在朋友的陪同下参观哥伦比亚大炮了。他很需要了解它。再说，自从他与巴比凯恩、马斯顿等科学家生活在一起后，他在弹道学方面已变得很内行。他最高兴的就是对这些正直的大炮发明家说，他们不过是可爱的杀人专家。在这方面，他的玩笑话真是滔滔不绝。参观哥伦比亚大炮的那一天，他对它十分赞赏，并一直下到这门即将把他送往月球的巨型大炮的底部去了。

"至少，"他说，"这门大炮不会损害任何人，作为一门大炮来说，这已是相当奇怪的事了。至于你们那些专搞破坏、焚烧、粉碎、杀伤的大炮就别向我们提起啦！尤其是绝不要向我提起它们有'一个灵魂①'，我可不信你们那一套！"

这里要讲一下马斯顿的提议。当这位秘书听到巴比凯恩和尼科尔接受米歇尔·阿尔当的建议后，他也想参加到旅行团里，四个人一起上月球。有一天，他提出了这个要求，但巴比凯恩很抱歉地拒绝了他：炮弹载不了这么多的乘客。失望的马斯顿去找米歇尔求情，米歇尔列举了数条理由，让他死了心。

"马斯顿，我的老朋友，你看，"他说，"对我的话你可别在意。老实说，朋友，你四肢不健全，去月球不大合适！"

"四肢不健全！"勇敢的残疾人叫道。

"是的，亲爱的朋友！想象一下我们在那儿会见月球人的情景。难道你愿意使他们对地球上发生的事情产生一个悲惨的印象，告诉他们

---

① 原文为法语 ame 一词，该词为双关语，本义是"灵魂"，引申义是"炮膛"。

什么是战争，告诉他们人们用最美好的时光在互相残杀，互相打断胳臂和大腿吗？要知道这一切都发生在可以养育一千亿居民而实际上才有十二亿居民的地球上啊！正直的朋友，算了吧，你会使他们下逐客令的！"

"可是，要是你们到达时已粉身碎骨，"马斯顿反驳说，"那你们不是与我一样残疾吗？"

"那是的，"米歇尔·阿尔当回答，"可我们到达时不会粉身碎骨呀！"

事实果然如此。10 月 18 日进行了一次试射，结果十分满意，令人们充满了希望。巴比凯恩为了了解炮弹发射时坐力的影响，从彭萨科拉兵工厂运来了一门三十二英寸的迫击炮。他们把它架在希利斯波洛海滨停泊场，这样炮弹可以掉到海里，减轻降落时的冲力，目的是试验发射时的震动，而不是到达时的冲力。为了这次奇异的试验，人们精心制作了一枚空心炮弹。炮弹内壁装上了优质钢材制成的弹簧网，上面铺上一层厚厚的软垫，厚度增加了一倍。这真是一个精心铺上棉花的安乐窝。

"不能乘坐它，实在太遗憾了！"马斯顿为自己的个子太大、不允许他参加这次冒险而惋惜不已。

这枚舒适的炮弹用螺丝顶盖密封，在里面先放进了一只大猫，然后又放进去俱乐部常务秘书的一只松鼠，这是他的心爱宠物。人们想知道这只不怕眩晕的小动物能否经受住这次试验飞行。

迫击炮里装了一百六十磅火药，炮弹上了膛，开炮。

发射后炮弹迅速升入天空，威严地划了一条抛物线，高度达一千英尺，沿着一条优美的曲线，最后坠入波涛之中。

紧接着一艘小船飞速驶向炮弹的落水地点，灵巧的潜水员跳入海中，把缆绳系上炮弹的护耳，很快就把炮弹吊到了船上。从把动物关进炮弹里到拧开顶盖，前后也就不到五分钟。

阿尔当、巴比凯恩、马斯顿和尼科尔都在小船上，他们怀着不难理解的关切心情目睹了操作过程。炮弹顶盖刚一打开，猫就蹿了出来，皮毛有点儿凌乱，却仍旧生龙活虎的，丝毫没有刚从空中远征归来的迹象。但怎么也没见到松鼠。他们找了半天，毫无它的踪迹。总得搞清楚这是怎么一回事呀。原来是猫把它的旅伴吃了。

马斯顿失去了他可怜的松鼠，非常伤心，决意把它写进科学殉难史里。

不管怎样，通过这次实验，一切犹豫和担心都一扫而光。况且，巴比凯恩的计划还可以进一步改善炮弹，几乎可以完全消除坐力的影响。剩下来的事就是该动身的问题了。两天以后，米歇尔·阿尔当收到了合众国总统的一封信，看样子，他对得到这个荣誉特别激动。

政府援引米歇尔·阿尔当的同胞拉斐特侯爵①的先例，授予他"美利坚合众国公民"的称号。

---

① 法国将军、政治家，曾积极参加了美国独立战争以及法国革命。

猫从打开的炮弹中蹿了出来

第二十三章 "炮弹车厢"

　　著名的哥伦比亚大炮完工以后，公众的注意力立刻转向了炮弹，也就是用于运送三位勇敢的冒险家穿越太空的新式运载工具。谁都不会忘记，米歇尔·阿尔当在他 9 月 30 日的电报中，曾要求修改执委会制定的设计图案。

　　当时，巴比凯恩主席认为炮弹的形状无关大局，这不无道理，因为它只要几秒钟就可以穿越大气层，以后它的行程大部分在绝对真空中进行。因此，执委会决定采用圆形，以便炮弹能够随意旋转。但是，自从人们把它改变成运载工具以后，就又是另一回事了。米歇尔·阿尔当可不在乎像松鼠那样旅行；不过，他希望升空时能头朝上，脚朝下，像坐在气球吊篮里一样庄重，当然要快一些，却不想一连串地翻筋斗，这可不大体面。

　　重新设计的图纸被送往奥尔巴尼的布里杜威尔公司，要求他们尽快制造。这样，修改设计的炮弹在 11 月 2 日铸好，并立即由东部铁路运往乱石岗。10 日，它平安运到目的地。米歇尔·阿尔当、巴比凯恩和尼科尔急切地等待着这辆"炮弹车厢"的到来，他们将乘坐它去发现新世界。

炮弹运到乱石岗

应该承认，这是一件出色的金属制品，一件给美国的工业技术带来莫大荣誉的冶金产品。一下子提炼出那么多的铝，还是开天辟地第一回，真是一件了不起的成就。这枚在阳光下闪闪发光的珍贵炮弹，看起来好似中世纪城堡角上的圆锥顶塔楼，威风凛凛，就缺枪眼和风标了。

"我预计，"米歇尔·阿尔当喊道，"会从里面走出一位身着紧身胸甲、手持火枪的武士。我们将同封建领主一样生活在里面，如果再配上几门大炮的话，我们足可以抵挡月球人各种军队的进攻，假设月球上有军队的话。"

"这么说，你对这辆车厢很满意喽？"巴比凯恩问他的朋友。

"是的！是的！很满意。"米歇尔·阿尔当回答，一边以艺术家的眼光欣赏着它。"我只遗憾它的形状还不够纤细，锥度还不够优雅。本应该在它顶端刻上一簇格状金属饰纹，并加上一个离奇怪物，例如，饰有动物像的排水管，从火中展翅飞出，张开大口的蝾螈……"

"要它们干吗？"巴比凯恩问，讲究实际的他对艺术美不大敏感。

"干吗？巴比凯恩朋友！哎呀！既然你问我，我可以给你讲，只怕你永远无法弄明白！"

"说说看，我的好旅伴。"

"那好吧！按我的想法，人们做什么事都应该加上一点儿艺术，这样会好得多。你知道有一出叫《儿童小车》的印第安剧吗？"

"连名字都没听说过。"巴比凯恩回答。

"这我并不感到奇怪，"米歇尔继续讲下去，"那我告诉你吧，在这出戏中有一个小偷，他在一座房子的墙上打洞时，总在想，该给洞打成竖琴形的、花形的、鸟形的还是尖底瓮形的。好！你说，巴比凯恩朋友，当时假使你是陪审团中的一位成员，你会判他有罪吗？"

"绝不手软，"大炮俱乐部主席回答，"并且加重处罚。"

"要是我就会放了他，巴比凯恩朋友！这就是你永远无法理解我的原因！"

"我也不打算去理解，我勇敢的艺术家。"

"既然我们的'炮弹车厢'的外形不是十全十美，"米歇尔·阿尔当接着说，"我们至少可以随心所欲地布置内部，像地球上的大使们一样富丽豪华！"

"在这方面，亲爱的米歇尔，"巴比凯恩回答，"你想怎么办就怎么办，我们绝不干预。"

然而，在想到豪华舒适之前，大炮俱乐部主席首先考虑的是实用。他发明的那套减轻炮弹坐力的设计也非常巧妙地安装到了上面。

巴比凯恩不无理由地想过，要减轻炮弹的坐力冲击，任何弹簧都不能达到这个要求，在斯克斯诺树林决斗之行中，他终于灵巧地解决了这个大难题。他打算用水来为他服务，他的方法如下：

在炮弹里装上三英尺深的水，一块圆木板严丝合缝地压在它上面。木板紧贴炮弹的内壁，能够轻轻地上下移动。太空游客就坐在这块木筏上。至于大量的水，被一层层的板壁隔开，起飞时坐力一撞，各板壁就依次被撞破。于是每一层水，从最下面到最上面，依次通过一根根水管，从炮弹顶端排出去，这样起到了弹簧的作用。配备了强大缓冲装置的木地板，只是在一层层板壁陆续撞破后，才会撞到炮弹的底部。自然，太空飞行家们在大量的水完全排出后，还会感到强大的坐力，但发射时的第一次冲击力已几乎完全被那些强大无比的"水"弹簧所缓解了。

确实，面积五十四平方英尺，高三英尺的水的重量约一万一千五百磅，重量相当可观；但按巴比凯恩的估计，哥伦比亚大炮内气体膨胀，足够抵消这部分增加的重量；而且，在撞击之下，不到一秒钟就可去掉全部水的重量，炮弹马上就恢复到它的正常重量。

这就是大炮俱乐部主席的精心构思，终于解决了减轻坐力这个难题。加之，它得到了布里杜威尔公司工程师们的深刻领会并加以落实。设备一旦产生了预期效果，水被全部排出，太空旅游者们就可轻而易举地清除掉破碎的板壁，并把发射时支撑他们的活动地板拆卸下来。

至于炮弹的顶部的内壁，铺有一层厚实的皮垫料，紧贴在优质钢材制成的弹簧上，它们像表的发条一样柔韧。排水管装在垫料下面，外面不露任何痕迹。

就这样，为减轻发射时的坐力，已经采取了一切能够想到的预防措施，照米歇尔·阿尔当的说法，只有"身体结构有毛病"的人，才会被撞坏。

这个炮弹外部宽九英尺，高十二英尺。为了不超过规定重量，他们适当减少了弹壁的厚度，加固了底部，因为它将承受火棉爆燃膨胀气体的全部压力。其实，所有圆锥形炸弹与炮弹都是如此，底部总是厚一些。

这个金属塔的入口是在圆锥形部分上开的一个小洞，好像蒸汽锅炉上的"出入口"。洞门是铝板做的，关上洞门，再拧紧结实的压力螺钉，小洞就严丝合缝地关了起来。当他们到达月球时，就可以由此随意走出他们的活动牢笼。

可是，光是去那儿还不够，路上还得看看风景呀！这好办。于是皮垫子下面出现了四扇舷窗，装上了非常厚的凸透镜，两个在炮弹周围，第三个在炮弹底，第四个在炮弹顶。这样，旅客们一路上就可以同时观察已离开的地球，越走越近的月亮和布满了繁星的天空。不过，这些舷窗外面都加上了牢固镶好的金属板，以防发射时的剧烈震动，只要拧下里面的螺母，就可把板子往外面推掉。这样，炮弹内装的空气就不会漏出去，才有可能进行观察。

所有这些巧夺天工的装置，操作十分便捷。工程师在"炮弹车厢"内部的装置上也颇具匠心。

几只牢固地装在炮弹里的容器，是准备盛放三个旅客所需要的水和粮食的，还有一个备有好几个气压的特制的煤气箱供给火和亮光，只要转动开关，这些煤气足够这个舒适的车厢六天的照明和取暖之用。看得出来，生活，甚至舒适生活的基本条件什么也不缺。而且，由于米歇尔·阿尔当的艺术天性，许多设置采取了艺术品的外形，既实用，又美观，如果不是受空间限制，他早已把车厢变成了艺术殿堂了。另外，根据一般人的猜想，这个金属塔内装上三个人，一定会很挤，那也错了。炮弹的底面积约为五十四平方英尺，高十二英尺，乘客在里面有一定的行动自由，比美国最舒适的火车还要宽敞自在。

食物和照明的问题已经解决了，剩下的就是空气的问题。显而易见，炮弹内装的空气无法满足三位旅客四天呼吸的需要，每个人一小时大约要消耗一百升空气中的全部氧气。巴比凯恩和两位同伴，加上他们准备携带的两条狗，每二十四小时要消耗二千四百升氧气，即约七磅氧气。这就必须不断更新炮弹内的空气。怎么办？程序很简单，用赖译特和勒尼奥两位先生的方法，米歇尔·阿尔当在大会讨论时已经说明了。

众所周知，空气主要由百分之二十一的氧气和百分之七十九的氮组成。那么，呼吸行动是怎么一回事呢？很简单。人们从空气中吸进氧气——维持生命必不可少，原封不动地吐出氮气。呼出的气中失去了约百分之五的氧气，而增加了几乎等量的碳酸气，这是血素氧化以后的产物。这样就会发生以下情况，在一个密封的环境中，过了一定时间，空气中的氧气全变成了碳酸气，这是对人有毒的气体。

问题于是归结为：氮气原封不动地保留，只要重新制造被吸掉的氧气和消除呼出的碳酸气就行了。这很简单，用氯酸钾和苛性钾就可以了。

氯酸钾为一种白色片状的盐，当把它加热到超过四百度时，它就变成了氯化钾，含有的氧气完全被分解出来。十八磅氯酸钾可得到七磅氧气，也就是说，足够旅游者呼吸二十四小时。这就是生成氧气的办法。

至于苛性钾，这是一种能大量吸收混合在空气中碳酸气的物质，只要摇晃它，就可吸收碳酸气，而生成碳酸氢钾了。这就是消除碳酸气的办法。

将这两种方法结合起来，他们就完全可以把污浊的空气重新变得清爽怡人。因为化学家赖泽特与勒尼奥曾成功地进行了实验。但必须指出，直至当时为止，实验只是用动物来进行的。尽管它科学上很准确，但谁都不知道人类是否能够适应这种环境。

米歇尔·阿尔当不想人们对用人造空气生活的可能性提出置疑，所以他自告奋勇，希望出发前做一次实验。马斯顿强烈希望参加这次实验。

"既然我不能参加旅行，"这位正直的大炮发明家说，"那就让我在炮弹里住它七八天，这算不了什么了。"

假如再拒绝他，就有点儿说不过去了。大家依从了他的请求，给他备足了氯酸钾和苛性钾以及八天的食品 11 月 12 日上午六点，马斯顿和朋友们握握手，再三嘱咐他们在 20 日下午六时之前不要打开舱门之后，就钻进炮弹里去，洞门接着就关上了。

这八天里发生了什么事？谁也不知道。弹壁太厚了，里面什么声响也传不到外面来。

11月20日下午六点，舱门打开了，马斯顿的朋友不免有点儿担心。但是当他们听到马斯顿高呼"万岁"的愉快嗓音时，马上就放下心来了。

不一会儿，大炮俱乐部秘书就以凯旋的姿态，出现在圆锥体的顶部。他变胖了！

马斯顿变胖了

第二十四章 落基山的望远镜

去年 10 月 20 日募捐截止时，大炮俱乐部主席曾拨给剑桥天文台一笔款子，造一架巨大的光学仪器。对这架仪器——折射望远镜或者天文望远镜——的主要技术要求是功率强大，能看清落在月球表面的一个直径不超过九英尺的物体。

折射望远镜与天文望远镜之间，有一个重大的区别，这里有必要谈一下。折射望远镜由一根长管子构成，管子上端有一块叫物镜的凸透镜，其下端也有一块叫目镜的凸透镜，观察者的眼睛就是贴在目镜上进行观察的。从发光物体发射出的光线，穿过第一块透镜，通过折射，在焦点上形成一个颠倒的物像。通过目镜观察时，这个物像就完全像在放大镜下一样被放大了。所以我们说，折射望远镜管子的两端就是这样分别被物镜和目镜密封起来的。

反之，天文望远镜的管子上端是敞开的，从被观察物体发来的光线可自由射入管子，照在一块金属的凹透镜上，也就是聚光镜上。光线从这儿反射到一块小镜子上，然后通过目镜把物像放大。

因此，折射望远镜中，折射起主要的作用，而在天文望远镜中，反射起主要的作用。据此，第一种叫折射镜，第二种叫反射镜。制造这些光学仪器的难点，在于配制各种物镜，包括凸透镜或者金属反光镜。

然而，在大炮俱乐部要进行伟大的实验时，这些设备已十分完善，效果非凡。伽利略用只能放大七倍的可怜望远镜观测星球的时代，早已成为历史。从十六世纪以来，光学仪器在规模与长度上均有了巨大的发展，使我们可以测量星空达到前所未有的深处。当时使用的折射望远镜中，有俄国普勒科瓦天文台的望远镜，它的物镜直径为十五英寸；法国光学家勒尔布尔的望远镜，它的物镜直径达十九英寸。

在反射望远镜中，功率强和体型大的有两架。第一架由赫歇尔制造，长三十六英尺，透镜直径四点五英尺，能放大六千倍。第二架在爱尔兰的伯尔堡的帕森斯顿公园内，属于洛斯爵士。管长四十八英尺，透镜直径六英尺，能放大六千四百倍，为了安放操纵望远镜的有关设备，还建造了一个巨大的砌体，重达二万八千磅。

虽然体积庞大，但放大没有超过六千倍；然而放大六千倍，只能把月球拉近到三十九英里处，只能望到直径为六十英尺的物体，除非这些物体特别拉长。

可是眼下，物体是一枚直径九英尺，长十五英尺的炮弹；那么，必须把月球至少拉近到五英里（约八公里）处，为此，要求望远镜必须放大四万八千倍。

这就是对剑桥天文台提出的要求。自然，他们不会有财政上的困难，剩下的只不过是物资上的困难罢了。

首先要在折射望远镜与天文望远镜中作出选择。折射望远镜比反射望远镜显出一些优越性。在物镜尺寸相等的情况下，前者可以获得好得多的放大效果，因为光线通过凸透镜比通过金属反射镜的损失小。然而，凸透镜能达到的厚度有一定的限制，因为太厚了，光线就无法通过。再者，制造如此巨大的透镜，工程十分艰巨，而且需要很长时间，往往要花好几年功夫。

因此，尽管在折射望远镜里，图像显得更明亮一些，这是观察月球时——它只是单纯地反射光线——不可估量的优越性，他们还是决定采用反射望远镜，因为它制造工期短，又能获得最好的放大效果。不过，因为光线在穿越大气层后，强度大大减弱，大炮俱乐部决定把这套设备建在合众国一座最高的山顶上，以减少大气层的厚度。

前面已经谈到，在反射望远镜中，人们通过目镜观测，也就是把放大镜放在观测者的眼前，得到放大的效果，而承担主要放大任务的是物镜，其直径越大，焦点距越长，放大的物像也越大。要放大四万八千倍，物镜要比赫歇尔和洛斯爵士的大好多倍才行。这就是困难所在，因为制造这样的反光镜工艺特别复杂。

好在几年前，法兰西学院的科学家莱昂·富科尔刚刚发明了一种新工艺，用镀银镜代替金属镜，这样一来，物镜的抛光工艺变得简单易行，时间大大缩短。只要按设计要求大小熔铸一块玻璃，然后镀上一层银化盐就可以了。剑桥天文台就采用了这种效果显著的工艺制造物镜。

而且，他们采用了天文学家赫歇尔所设想的安装方法。物体从他那庞大仪器的管底一块倾斜的镜片反射后，直接在装有目镜的另一端形成物像。这样，观测者就不是在管子的下部，而是到它的顶部，在那里用目镜俯视粗管的深处。这样组合的优点在于取消了把物像反射到目镜的小镜片。这样就由两道反射程序变成了一道。因而物像亮度的损失就少得多，也不太模糊。也就是说，最后可得到更大的亮度，这对目前必须进行的观测来说，可是大有好处的 ①。

措施定下来以后，工程就开始了。根据剑桥天文台办公室的计算，新的反射望远镜管长是二百八十英尺，反射镜的直径是十六英尺。它虽然很大，还是不能跟几年前天文学家胡克设计的那架长达一万英尺的反射望远镜相比。但不管怎样，这样巨大设备的制造仍不是那么轻而易举的事。

至于场地问题，它很快就解决了。需要挑选一个高山，而合众国的高山却为数不多。

事实上，这个大国仅有两条中等高度的山脉，美丽的密西西比河在它们中间流淌，如果美国人接受一点儿王室观念的话，他们会把它称为"江河之王"的。

东部是阿巴拉契亚山脉，最高峰在新罕布什尔州境内，海拔不超过五千六百英尺，高度太不起眼了。

西部则不然，有落基山脉。它从属于从麦哲伦海峡起，沿着美国南部西海岸走向的叫安第斯山脉或者科迪勒拉山脉，它越过巴拿马地峡，纵贯北美洲，一直伸向北极海的海岸。

这些山脉海拔并不很高，从阿尔卑斯山脉或者喜马拉雅山脉的高处瞧它们，真是一览众山小。最高峰仅海拔一万七百零一英尺，而

---

① 这种反射望远镜被称为"前视天文望远镜"。

勃朗峰海拔为一万四千四百三十九英尺，珠穆朗玛峰更是海拔高达二万六千七百七十六英尺。

可是，因为大炮俱乐部坚持天文望远镜和哥伦比亚大炮一样必须安装在美利坚合众国的版图内，故只好选定落基山脉，一切必要的材料就运到它的顶峰——朗斯峰上去了，它坐落在密苏里州境内。

美国工程师们要克服的重重困难，他们完成任务时的大无畏精神和高超技巧，真是难以用笔墨或者语言形容。这真是一件了不起的壮举。要把巨大的石头、笨重的铸件、沉甸甸的角钢，以及庞大的镜筒部件——其中光是物镜就重达三万磅——运上高山，谈何容易！要经过常年积雪的山区，到达海拔一万英尺以上的高度，这里要走过荒无人烟的草原、难以进去的森林、吓人的急流险滩，远离居民点，在一片原始地带，生存的每一个细节都会变成几乎无法解决的大难题。然而，这些千难万险都被天才的美国人战胜了。开始施工不到一年的工夫，在9月下旬，这架巨大的反射望远镜高达二百八十英尺的镜筒就已伸到天空里去了。它被悬在一个高大的铁架子上。一套精巧的设备操纵起来也很轻便，可使它对准天空的任何一点，并可跟踪在太空中运行的天体，从一边的地平线一直到另外一边的地平线。

它的价值达四十万美元以上。当它第一次对准天空时，观测的人无不心情激动，既惊奇，又担心。他们将在这架放大四万八千倍的望远镜里发现什么呢？会发现月球上的居民、动物、城市、湖泊和海洋吗？没有，他们看见的都是科学界早已经探明的一切，而且在月面的各处，都完全证实了月球的火山性质。

在还没有为大炮俱乐部服务之前，落基山上的这台望远镜就为天文

落基山上的天文望远镜

学作出了巨大贡献。由于它的强大洞察力，人们已探测到太空的最深处，一大批恒星的表面直径得到精密的测定，剑桥天文台办公室的克拉克先生还分析了金牛星座的鳌虾形星云，这是洛斯爵士的反射望远镜所一直未能做到的。

第二十五章 最后的细节

　　11 月 22 日，离最后动身的日期还有十天，现在只剩下最后一项工作要完成了。这是一项细致、危险、需要格外小心的工作，尼科尔船长曾对它的成功表示怀疑，押下了他的第三笔赌注。这就是往哥伦比亚大炮里装填四十万磅火棉。尼科尔曾认为，操作如此大量的火棉势必招致大祸临头，至少在炮弹的压力下，这堆危险的易爆物品会自行燃烧起来。

　　美国人的轻率和无忧无虑更会使危险性大为增加。在南北战争期间，他们曾无所顾忌地叼着烟卷装火药！所以，为了保证安全，免得功亏一篑，巴比凯恩挑选了一批最优秀的工人，在他的亲自监督下工作，一刻也不离开。由于小心谨慎和预防得力，他终于掌握了成功的命运之神。

　　首先，他保持高度警惕，没有把全部火药一次运入乱石岗围栅内，而是用完全密封的弹药车一批一批地运进来。四十万磅火棉分成五百磅一桶，用彭萨科拉最出色的火药工人精心制作的八百个大火药桶分装好。每辆弹药车可以装十个弹药桶，一辆一辆地通过坦帕铁路运来。这样，在乱石岗围墙内同时存放的火棉绝不会超过五千磅。每车火药到达后，立即由打着赤脚的工人们卸下来，一桶一桶地运往哥伦比亚大炮口，随后用人手操纵的起重机将其放进炮膛内。所有的蒸汽机一律撤离现场，周围两英里以内禁止任何烟火。尽管已经到了十一月份，但太阳的热力对如此大量堆放的火棉仍是一个潜在的威胁。因此他们全在夜里工作。他们采用鲁姆科夫的仪器，借助在真空中制造的光亮照明，在哥伦比亚炮的深处创造了一个人工白昼。在这里，一桶桶的火药整齐地排列在炮底，用金属电线串联在一起，它能够同时把电火花送到每一个火药桶的中心。

事实上，他们是通过电池点燃火棉的。所有包着绝缘体的电线，到一个与炮弹相齐的小孔处合成一条电线，然后穿过炮膛的厚壁，一直上升到地面石头砌成的一个出气口处。接着，电线通过两英里长的一排电线杆，一直架设到乱石岗山顶，通过电闸与一个大功率的本生电池相连接。只消用手指按一下电钮，便可瞬时通电点燃四十万磅火棉。不用说，电池只有在最后时刻才会启动。

11 月 28 日，八百只大桶都放到大炮的底部了。装火药的工作顺利完成了。但是，巴比凯恩主席熬过了多少提心吊胆、紧张万分的时刻呀！他苦苦守住乱石岗的大门也是白搭，每天都有许多好奇的参观者爬栅栏进来，有几个冒失鬼无所顾忌到了极点，竟跑到大桶火棉上抽起烟来了。巴比凯恩气得发疯，马斯顿尽全力协助主席，立刻把他们赶出去，然后俯下身子，去捡美国人到处乱扔的还冒着火星的烟头。这任务十分艰巨，因为有三十多万人日夜在围栅外边挤着。米歇尔·阿尔当自愿护送火棉到哥伦比亚炮口那里。可是，当他令人吃惊地叼着一支大雪茄驱赶这些冒失鬼时，本身就失去了说服力，因而大炮俱乐部主席感到，再也不能依靠这位固执的抽烟人了，不得不派人对他进行专门监督。

老天爷保佑大炮发明家们，终于没有发生意外，装火药的工作圆满结束。尼科尔船长的第三笔赌注又悬乎了。剩下的就是往哥伦比亚大炮内装炮弹，将它安置在厚实的火棉层上面就可以了。

但在装炮弹之前，首先得把路上要用的东西装到"炮弹车厢"里去。它们数量繁多，如果完全按米歇尔·阿尔当的意见办理，早会把旅行者的位置也占满了。人们根本想不到，这位可爱的法国人要带那么多东西去月球，一大堆废物。好在巴比凯恩出面干预，只装上了必需品。

工具箱内装了温度表、气压表和望远镜。

太空旅游者路上要观察月球，为了方便认识这个新世界，他们带上了精美的月球图，它不愧是一个杰作，凝聚了他们长期耐心观测的心血。上面仔细地描绘着这个天体面向地球的这一面的所有地形：山脉、深谷、环形山、火山口、山顶和沟槽，大小符合实际，方位准确，从高耸于月轮东部的多尔弗尔山和莱布尼兹山顶峰直到展开于北极地区的冷海为止，都标上了名字。

这是宇航者们的一份宝贵的资料，他们可以在踏上月球之前就对它进行研究了。

他们还带了三支步枪、三支使用爆炸弹头的猎枪和大量的火药、铅弹。"那里的人或动物会认为我们对他们的访问不怀好意！还是小心谨慎为好。"

和防身武器放在一起的，还有丁字镐、手锯，以及其他必要的工具，不用说，还有适应寒冷的两极地区和炎热的热带地区的衣服。

米歇尔·阿尔当想带一队动物上路，当然，不是每种都雌雄配全，因为他认为没必要向月球引进蛇、虎、鳄鱼和其他有害动物。

"不,"他对巴比凯恩说,"只带一些役畜,如公牛或者母牛,驴或者马,既可美化月球风景,又对我们有很大的用处。"

"同意你的想法,亲爱的阿尔当,"大炮俱乐部主席回答,"可是我们的'炮弹车厢'毕竟不是挪亚方舟。它既没有这个能力,也没有这个任务,还是做力所能及的事吧。"

三人争论了半天,最后决定带尼科尔船长的那只漂亮的猎犬和一只健壮的纽芬兰犬。炮弹里还装了几箱最有用的种子。要是让米歇尔·阿尔当做主的话,他还会带上几袋土,去月球上播种呢。尽管如此,他还是捎上了一打小灌木树苗,用草小心扎好,放在一个角落里。

还剩下至关重要的粮食问题,因为必须预先估计到会降落在月球上某个不毛之地的可能。巴比凯恩考虑得非常周到,带了足够一年的食品。为了不让人感到意外,必须补充一点,这些罐头装的肉和蔬菜,都用水压机压缩到最小的体积,同时保存了丰富的营养成分;虽然品种不是很多,但对这样的远征来说,也不应过于苛求。另外还有五十加仑的烧酒和只够用两个月的清水;经过天文学家近期的系统观察,相信月球表面能找到一些水。至于食品,只有疯子才会认为地球上的居民在月球上找不到吃的东西。米歇米·阿尔当对这点坚信不移。要是他有怀疑的话,就不会下决心去月球了。

"再说,"有一天他对朋友们说,"地球上的朋友们不会完全抛弃和忘记我们的。"

"当然不会。"马斯顿回答。

"你是什么意思?"尼科尔问。

"这很简单,"阿尔当回答,"哥伦比亚大炮不是还在那儿吗?那好!每次月球运行到天顶的有利条件时,即使不在近地点,也就是说大约一年一次,地球上的朋友不就可以用炮弹给我们送一次粮食上来吗?我们只要在指定日期等着就行了。"

"万岁!万岁!"颇有主见的马斯顿大声喊叫,"说得太好啦!当然,亲爱的朋友,我们绝不会忘记你们!"

"我坚信这点!你看,这样,我们就会经常得到地球上的消息。对我们来说,假如我们找不到和地球上的好朋友保持联系的办法的话,那就太笨头笨脑了!"

米歇尔·阿尔当神情坚决、泰然自若地说出的这些满怀信心的话语,深深地打动了大炮俱乐部的所有成员,他们都跃跃欲试,恨不得跟他一道去。确实,他说的是简单、明确、轻而易举、十拿九稳的事,只有鼠目寸光的家伙才会留在这个地球上,不跟着这三位远航者去月球探险。

在各种东西都放进炮弹里的时候,做弹簧用的水已经灌满了板壁中间的空隙,照明用的煤气也装进了容器。至于氯酸钾和苛性钾,因害怕途中意外耽搁,巴比凯恩带了足够两个月造氧和吸收碳酸气用的数量。一台设计精巧、自动运转的专门仪器,负责制造空气和彻底净化空气。这样,炮弹已经准备好了,就只要把它放进哥伦比亚炮筒里面就行了。这可是一项困难重重而又危险的操作。

巨大的炮弹运到了乱石岗山顶。在这里,几架强大的起重机把它抓起,悬吊在铁井的上空。

这是一个扣人心弦的时刻,万一铁链子支撑不住这个庞然大物的重量,突然断了,火药掉下去就一定会燃烧起来。

炮弹内部

幸亏什么意外也没发生。过了几个钟头，"炮弹车厢"轻轻溜进了炮膛，安放在鸭绒垫子似的火药上了。它的压力除了使哥伦比亚大炮的火药压得更紧实以外，没有别的影响。

"我输了。"船长把三千美元交给了巴比凯恩主席。

巴比凯恩不愿接受自己旅伴的钱，但尼科尔坚决不答应，一定要在离开地球之前履行自己的义务，他只好收下。

"那么，"米歇尔·阿尔当说，"我只有一件事要祝贺你，亲爱的船长！"

"哪件事？"尼科尔问。

"就是祝你输掉另外两笔赌注！这样，我们就不会在中途停下来了。"

第二十六章 "开炮"

12月1日到了！这是一个成败攸关的日子，因为，如果炮弹不在当晚十点四十六分四十秒发射出去，就要再过十八年，月球同时处于天顶和近地点的条件才会再出现。

天气很好。虽说冬天临近，可是太阳仍旧光芒四射，这三位居民即将离开的大地，沐浴在灿烂的阳光里。

大家多么焦急地期待着这个日子啊！前一天夜里有多少人辗转反侧、睡不踏实啊！多少个人被等待的重担压得透不过气来啊！每一颗心都急得怦怦直跳，只有米歇尔·阿尔当一人例外。他跟往常一样，沉着地忙忙碌碌，一点儿看不出他有什么特别的心事。他睡得很安稳，这是蒂雷纳①式的睡眠，战斗之前躺在炮架上的睡眠。

从早上开始，乱石岗四周一望无际的草原就挤得水泄不通了。每隔一刻钟，坦帕铁路就运来一批看热闹的群众。纷至沓来的人群很快达到了传奇式的规模。据《坦帕观察家》统计，在这个值得纪念的日子，踏

---

① 蒂雷纳，法国元帅，以沉着稳健著称，据说他在战斗之前，能够在炮架上睡觉。

上佛罗里达这片土地的人不下五百万！

一个月以来，其中大部分人就在围栅四周安营扎帐，奠定了后来叫做阿当城的一个城市的基础。到处都是板房、木屋、窝棚、帐篷，在这些临时住所屋檐下栖身的人口，足以使欧洲最大的城市羡慕不已。

这儿有地球上各个民族的代表，这儿讲的是世界各国的语言，可以说是各种语言的大杂烩，如同《圣经》记载的通天塔[①]时期一样。美国的各个社会阶层在这儿绝对平等。银行家、农夫、海员、掮客、经纪人、棉农、商人、船夫、官员摩肩接踵，像原始人一样无拘无束。路易斯安那的欧洲移民后代与印第安纳的农夫彼此称兄道弟；肯塔基和田纳西的绅士、弗吉尼亚清高的名流和大湖区半开化的猎人、辛辛那提的牛贩子谈天说地。他们头戴宽边白海狸皮帽或者古色古香的巴拿马草帽，身穿奥普卢沙斯工场的蓝棉布长裤，外面罩着雅致的土布外衣，脚蹬色彩鲜艳的靴子，炫耀着他们那稀奇古怪的细麻布泡泡纱绲边，炫耀着他们衬衫上、袖口上、领带上、十指上、耳朵上的五花八门的别针、钻石、链子、戒指、耳环、坠子，真是豪华与庸俗同台争奇斗艳。女人、孩子、仆人的服饰也一样华丽，他们前呼后拥，陪伴着、环绕着这些做丈夫的，做父亲的，做主人的，使得他们待在他们人口众多的家庭成员中，俨然像一个部落的首领。

这些人吃饭时的场面确实值得一看，他们向一盘盘美国南方的名菜扑去，带着对佛罗里达食品的馋劲儿，狼吞虎咽。其实所谓的名菜，不外乎是一些炖青蛙、红焖猴肉、烩杂鱼、烤袋鼠、带血的袋鼠肉排或者

[①] 据《圣经·创世记》记载，挪亚的后裔要造一座高与天齐的高塔，后来上帝让他们说不同的语言，使人类相互之间不能沟通，遂停工。后世称这座高塔为通天塔。

烤浣熊肉串等，令欧洲人大倒胃口。

可是，有多少种酒和饮料来帮助消化这种难以消化的食品啊！酒吧间和酒店里有大玻璃杯、啤酒杯、小瓶、长颈大肚瓶、形状各异的大瓶子，还有各种各样的磨糖块的钵和成扎的麦管。从这里传出来的，是多么令人兴奋的喊叫声和多么动人的喧哗声啊！

"嘿！薄荷糖浆酒！"一个卖酒商在高声叫卖。

"嘿！波尔多桑加里酒！"另外的一个尖声喊叫。

"杜松子酒！"那一个又吆喝起来了。

"有鸡尾酒！白兰地！"这一个也不甘示弱。

"谁来尝尝地道的薄荷酒的最新产品？"那些机灵的小贩喊个不停，像魔术师一样把糖、柠檬、绿色薄荷香精、捣碎的冰、水、法国的白兰地、新鲜的菠萝在杯中倒来倒去，不一会儿，就把这种清凉饮料配好了。

平时，在强烈香气的刺激下，这些向干渴喉咙发出的叫卖声，在空中久久回荡，震耳欲聋。但是12月1日这天，吆喝声寥寥无几。摊贩们嗓子喊哑也挑不起顾客的胃口。谁也不想吃，不想喝，到了下午四点，人群中来来往往的参观者不知有多少人还没有吃午饭！这是一个有特殊意义的事情，激情战胜了美国人对吃喝玩乐的迷恋。当你看到玩九柱戏的木柱倒在地上，骰子在皮筒里睡大觉，赌博的轮盘不转了，玩"惠斯特""二十一点""红与黑""蒙特"和"法罗"[①]的纸牌安静地躺在盒子里原封不动的时候，你就会清楚，当天的大事把一切其他需要都淹没

---

① 均为纸牌戏的名称。

从早上开始看热闹的群众

了，任何娱乐活动都无人问津了。

到了晚上，无声的骚动像大祸临头一样，笼罩着焦急不安的人群。围绕在大家心头的是一种难以描述的不安，一种难堪的心灵麻木，一种揪心的不可言喻的感情，每个人都巴不得"尽早结束"。

但是，到了七点钟左右，令人沉闷的肃静骤然消失。月亮从天边升起。几百万人高喊"万岁"，欢呼它的来临。它没有失约，欢呼声直上云霄，到处掌声雷动，金发的月亮女神菲贝在天空安详地照射着，以温馨的光芒爱抚着如痴如醉的人们。

这时，那三位勇敢的旅行家出现了。人们一看见他们，叫声更响了。蓦然间，美国国歌从所有的激动的胸膛里迸发出来，真是众口同声的合唱。几百万人合唱的《扬基歌》^①像怒吼的暴风雨一样，响彻云霄。

这阵难以抑制的热情过去以后，国歌声也停了，最后的大合唱渐渐消失了，嘈杂声也平息了下来，只有悄悄的低语声回荡在心潮澎湃的人群上空。法国人和两个美国人穿过被无数群众围住的栅栏。陪他们一起进来的有大炮俱乐部的会员们和欧洲各天文机构派来的代表团。巴比凯恩冷静沉着，平静地发布着最后的指令；尼科尔紧闭着双唇，两只手抄在背后，迈着整齐坚定的步子走着；米歇尔·阿尔当则跟往常一样悠闲自在，地道的旅行装束，腿上一副皮绑腿，腰上挂的一只猎物袋在肥大的褐色丝绒外衣内摇晃，嘴里叼着一支雪茄，一路上走过来，不断地和旁边的群众热情握手，像王子一样大方。他总是兴致勃勃，活泼愉快，笑容满面，幽默诙谐，不停地和可敬的马斯顿开玩笑。一句话，

---

① 美国独立战争时期流行的一首歌曲。

直到最后一秒钟，他始终是一个"法国人"，或者还要糟，始终是一个"巴黎人"。

十点的钟声敲过，现在该进炮弹里去了。下井，旋紧门洞的金属板，挪开起重机，拆除哥伦比亚炮口上的架子，所有这些都需要一些时间。

巴比凯恩把他那个误差不超过十分之一秒的计时器和莫奇生工程师的对了一下，工程师负责按电钮开炮的工作；这样，三位被关在炮弹里的旅行家只要注视着缓缓移动的时针，就可以掌握确切的动身时间了。

分手的时刻到了。场景十分感人，连一向狂热、快乐的米歇尔·阿尔当也深受感动。马斯顿从他那双干枯的眼底找到了一滴老泪，毫无疑问，这是他准备在这个时候用的，他把它倾注在他那亲爱的、正直的主席前额上。

"要不要我也去？"他问，"现在还来得及。"

"不可能，马斯顿老兄。"巴比凯恩回答说。

过了一会儿，三位旅伴爬进了炮弹，他们从里面旋紧门板的螺丝钉；哥伦比亚炮口也摆脱了一切障碍物，指向天空。

尼科尔、巴比凯恩和米歇尔·阿尔当终于被关在他们的金属车厢里了。

此时此刻，群众的热情已经达到了顶点，谁有本事来描绘它呢？

明月在清澈的天空里缓缓移动着，一路上闪闪的星火似乎都熄灭了。这时，它正穿过双子星座，几乎走到了地平线和天顶中间的地方。每个人都不难理解，这时我们应该瞄准目标前面的地方，就像猎人瞄准他所追逐的野兔一样。

全场一片可怕的沉寂。大地上没有一丝风！千万人屏住呼吸！心也不敢跳动了！所有的眼光都盯着哥伦比亚炮口。

莫奇生的眼睛盯着他的计时器。离开炮的时间只有四十秒了，每一秒都长得像一个世纪啊！

到了第二十秒，所有的人都打了一个冷战，大家突然想到，那三位关在炮弹里面的旅行家也在一秒一秒地计算着这可怕的时间啊！突然传来了一个孤独的叫声：

"三十五！——三十六！——三十七！——三十八！——三十九！——四十！开炮！！"

莫奇生立即用手指按了电钮开关，接通电流，把电火花送往哥伦比亚炮底部。

立时传来一阵闻所未闻、超乎寻常、十分可怕的爆炸声，无论是雷声隆隆，还是火山喷发，都不能给这个声音以一个具体概念。像火山爆发一样，一道巨大的火光从大地喷向天空。大地仿佛突然站起来了，在这一瞬间，只有几个人恍若看见了炮弹从浓烟烈火中胜利地划破长空。

开炮！

第二十七章 阴天

当一道白光升上不可思议的高空时，整个佛罗里达都被火光照亮了。一刹那间，黑夜被白昼代替了。在墨西哥湾和大西洋上，一百英里以外都能看见这簇划破夜空的火光；不止一位船长在航行日记里记下了这颗巨大流星的出现。

随着哥伦比亚炮声而来的是名副其实的地震。佛罗里达恍若在翻腾。在高热下膨胀起来的火药气体，以无可比拟的威力推开大气层，这场比自然界的飓风还要快一百倍的人造飓风，像龙卷风一样突然直冲云霄。

在场的人没有一个人能站得稳的；男人、女人、孩子，全部跟暴风雨里的麦穗一样，摔倒在地。接下来是一阵难以描述的慌乱，不少人受了重伤。马斯顿一时粗心大意，站得太靠前了，事后他发现自己被抛出二十多托瓦兹远，像一个圆球似的从他的同胞们头上滚过。有一会儿工夫，三十万人什么也听不见，仿佛被惊呆了。

气流推倒木屋、板房，把方圆二十英里内的大树连根拔起，把铁路上的列车赶到坦帕，宛如雪崩般地扑向这座城市，将一百多幢房屋摧毁，圣玛利教堂也未能幸免，新落成的交易所大楼从上到下裂开了一道大口子。港口内有几艘巨轮冲撞在一起，笔直地沉入海底，另外还有十几条在停泊场里抛锚的船只，像扯断棉线一样挣断了锚链，冲到了岸边。

但是，破坏的范围延伸得还要远得多，它超出了美国的边界。大炮坐力的影响顺着西风远远波及离美国海岸三百英里以外的大西洋海面。菲茨罗伊海军上将无法预料的这场人造风暴，以前所未有的威力，袭击着他的舰队，好几只军舰被卷入骇人的旋风里，还没有来得及收帆，就连船带帆一起沉没了，利物浦的"海洛尔公子"号就是其中之一，这场沉痛的灾难变成了英国人尖刻指责的目标。

最后还要补充一点，尽管除了几个土人的口述以外没有其他根据，开炮以后半小时，戈雷岛和塞拉利昂的居民声称他们听到了隐隐约约的震动，这是声波最后的移动，它们穿过了大西洋，消失在非洲海岸。

我们还是回到佛罗里达来。第一阵骚动过去以后，受了伤的人，耳朵震聋的人，总之大家都清醒过来了，他们又欢呼起来："万岁，阿尔当！万岁，巴比凯恩！万岁，尼科尔！"真是喊声震天。几百万人鼻子朝天，用各式各样的望远镜观测天空，这时他们已把自己的伤痛和激动忘得一干二净，只顾关心炮弹。可他们找了半天，也是白费劲，早已看不见了，他们只好耐心等待朗斯峰的电报。剑桥天文台台长[①]这时正守在落基山他的岗位上，这次的观测任务就交给了他这样一位坚忍不拔、精明能干的天文学家的。

一个应该预料却没有预料到的、人们对其无能为力的现象发生了，

---

① 贝尔法斯特先生。——原注

它即将使群众的耐心受到严峻考验。

刚才还是明朗的天气，现在骤然发生了变化，天空突然阴云密布。其实这种变化是早该料到的，四十万磅低氮硝化纤维素的燃烧，导致大量气体的扩散，引起了大气层的迅速变迁。自然的秩序完全被打乱了。这也不足为奇，因为在海战中，人们经常可以见到炮火突然改变大气层状况的现象。

第二天，太阳从阴云密布的天边升起，在太阳与地球之间仍有一幅厚厚的云彩帷幔，不幸的是它一直延伸到了落基山区。这也是天命。全球响起了抗议的大合唱。但是大自然无动于衷，当然喽，话又说回来，既然人类用炮火搅浑了大气层，他们也理应受到这样的惩罚。

整整一天工夫，每个人都极力想看透浓密的云幕，但全是白费工夫，而且这样眺望天空也是一个错误，由于地球的运动，这时炮弹正沿着地球反面的直线飞向太空呢。

不管怎样，当黑夜再次笼罩大地时，这仍是一个伸手不见五指的漆黑夜晚，即使月亮重新从地平线上升起，也不能看到它；也可以说，它存心避开这些用大炮轰击它的冒失鬼的目光。因此，任何观测都无法进行，朗斯峰的电报也证实他们碰上了令人恼火的天气。

不过，如果这次实验成功了，12月1日晚上十点四十六分四十秒出发的三位旅行家要到4日子夜才能到达。所以在这个时间以前，大家还能耐心等待，没有大叫大嚷，更何况在目前的条件下，要观测一个像炮弹大小的东西，也是困难重重的。

12月4日，从晚上八点到子夜这段时间里，总该找到炮弹的踪迹了吧，它将像一个黑点一样出现在皎洁的月轮上。可是天公不作美，空中仍布满乌云，这样一来，群众的怒火就一发不可收拾了。他们咒骂总不露面的月球。真是人世间可悲的轮回报应！

灰心失望的马斯顿秘书拔脚就去了朗斯峰，准备亲自进行观察。他对他的朋友到达目的地没有怀疑。再说，人们没有听说炮弹落到海岛或者大陆的某个地方呀！马斯顿从不相信它会落在覆盖地球面积四分之三的海洋上。

5 日，同一个时间。旧大陆的各大天文望远镜，如赫歇尔、洛斯、佛科尔等人的望远镜，都瞄准了黑夜的天体，因为欧洲正好是朗月；但是他们的仪器放大倍数有限，无法进行有效的观察。

6 日，同一个时间。地球上四分之三的居民都心急如焚。他们甚至打算用最荒诞的方法去驱散积聚在天空的乌云。

7 日，天气略有好转。大家又有了希望，但是这个希望并没有维持多长时间，因为到了晚上，黑压压的云层又把群星闪烁的天穹给遮盖起来了。

这一来，事态就严重了。要知道，从 11 日上午九点十一分起，月亮就进入下弦月时期。从这个时候起，它的明亮部分会越来越小，即使天气晴朗，观察的可能性也将大大减少；事实上，那时月亮只露出一个越来越小的月牙儿，最后就进入了新月时期，也就是说，它和太阳同起同睡，阳光把它完全遮起来了。因此必须等到 1 月 3 日中午十二点四十四分，进入满月时期才能开始观察。

各种报刊都登载了这些资料，加了许多注解，同时告诫大家需要耐心等待。

8 日，仍毫无进展。9 日，好像嘲笑美国人似的，太阳只露了一面

就躲了起来。到处是一片咒骂声，大概是因为受到这样失礼的对待生了气，太阳特别吝啬自己的光线。

10日，没有变化。马斯顿几乎急疯了。人们都在为这位可敬的秘书的大脑感到担心，而此前，他的那颗马来树胶制成的脑壳一直都在很好地保护着他的脑袋。

但是，到了11日，热带地区发生了一场可怕的暴风雨。强烈的东风把多日聚集的乌云一扫而光，到了晚上，月亮在天空庄重地露了面。

月亮在天空庄重地露了面

第二十八章 一颗新星

就在这天夜里，人们如此焦急地等待着的那个扣人心弦的消息，如同晴天霹雳，在合众国各州迅速传开。然后，它从这里通过所有的电线电缆飘洋过海，传遍了全世界。炮弹已被朗斯峰的那架巨型天文望远镜观测到了。

下面就是剑桥天文台台长撰写的报告。对大炮俱乐部这次伟大的实验，这份报告作了科学的结论。

朗斯峰，12月12日

致剑桥天文台办公室全体成员电

各位先生：

贝尔法斯特和马斯顿两位先生已于12月12日下午八时四十七分，在月球进入下弦月时期的时候，看到了乱石岗哥伦比亚大炮发射的炮弹。

炮弹没有到达目的地。它从月球旁边经过，但离得相当近，因而已经进入了月球的引力圈。

在那儿，它由直线运动变成了令人眼花缭乱的高速的圆周运动，沿着一个椭圆形轨道绕着月球运转，成了一个名副其实的月球卫星。

这颗新星的性质尚不能确定。还不知道它的运行速度和自转速度。它目前离月球的距离约二千八百三十三英里。

对它今后的前途，可以有两个假设：

一个是它最后被月球吸引过去，旅行家就到达了目的地。

再一个是被固定在一个永恒不变的轨道上，环绕月球运行，直至世界末日。

关于这些，以后的观测自然会搞清楚的，可是直到目前为止，大炮俱乐部的尝试所取得的唯一成果，就是给我们的太阳系增加了一颗新星。

贝尔法斯特

这个出人意料的结局给人们提出了多少问题啊！在未来的科学研究中，还有多少奥秘等待人们去探索啊！多亏了这三个人的勇敢和献身精神。向月球发射炮弹的实验，表面上看起来似乎无关紧要，却获得了巨大的成功，它的影响将是无法估量的。被关在新卫星里的三位旅行家尽管没有达到他们的目的，至少也成了月球世界的一部分；他们环绕着月球运转，人类第一次亲眼观察到它的全部奥秘。尼科尔、巴比凯恩和米歇尔·阿尔当的名字，将在天文学界名垂青史。因为这三位大胆的探险家渴望扩大人类的知识范围，勇敢地飞向太空，冒着生命的危险去进行当代最罕见的实验。

无论如何，在知道了朗斯峰的报告以后，全世界都感到惊奇和恐惧。有可能帮助这三位地球上勇敢的居民吗？显然不能，因为他们已经置身于人类的范畴之外去了，这个范畴是造物主给地球上的居民安排的。他们有够两个月用的空气，他们有一年的食物，但是以后呢……一想到这个问题，连铁石心肠的人也要心惊肉跳了。

只有一个人不愿承认他的三位朋友已经陷于绝境，只有一个人还满怀信心，这个人就是那位和他们一样坚决、勇敢的忠实的朋友——正直的马斯顿。

而且，他的眼睛一刻也不离开他们。朗斯峰的观测台从此成了他的住所，他的视野就是那架巨大的天文望远镜的反光镜。月亮一爬上地平线，他就把它圈在反射望远镜的视域里，他的目光牢牢盯住它，持续不断地跟着它穿越星空。他怀着无穷的耐心，观察炮弹沿着银色的月轮运行。的确，这位尊贵的人始终和他的三位朋友保持着联系，他相信，他总有一天会再见到他们。

"我们会和他们保持联系的。"只要情况许可，他就对愿意听他的人说，"我们会有他们的消息，他们也会知道我们的情况的！何况，我了解他们，他们都是博学多才的人。他们带到太空里去的是艺术、科学和技术的财富。有了这些东西，你可以要什么有什么，咱们走着瞧好了，他们一定会摆脱困境的！"

（请关注后续《环月飞行》）